Die Statistik des Bundeskriminalamtes besagt, dass es im Jahr 2006 in Deutschland 375 Morde gab.

Doch wie viele Unfälle waren gewollt und wie viele Herzinfarkte hatten andere Ursachen als Stress oder Rauchen? Der Orden der Blutigen Rose könnte es ihnen vielleicht sagen. - Denn dieser Orden ist seit Jahrhunderten für viele dieser Fälle selbst verantwortlich.

Polizeipsychologe Horst Mirow wird zum Verhör einer Frau hinzugezogen, die sich nur Madame Sylvia nennt. Die gebildete Frau und ein Mädchen wurden in Bayern auf einer abgelegenen Burg festgenommen und aus dem Boden um diese Burg herum gräbt die Polizei Leiche um Leiche. Nur langsam kommt Horst Mirow hinter das Geheimnis der tödlichen Madame Sylvia. Als er sich zusammen reimt das auch das hübsche kluge Mädchen eine tödliche Gefahr darstellt ist es bereits zu Spät. Hebe Nyx, wie sich das Mädchen nennt, ist aus dem Kinderheim ausgebrochen und schwebt als dunkle Gefahr über Berlin.

Auch Madame Sylvia ist mit ihrer Unterbringung nicht zufrieden. Als auch sie ausbricht erfährt das BKA dass die Bundesregierung die Dienste der blutigen Rose in Anspruch genommen hat, aber es ablehnte zu bezahlen.

Auch die USA verweigerte die Zahlung für deren Dienstleistungen. Man glaubte gegen alles gewappnet zu sein.

Doch die hübschen Mädchen und Frauen kennen das Spiel von Katze und Maus seit Ewigkeiten.

Auch der Psychologe stellt fest, dass es vor diesen Orden nur eine Rettung gibt.

Verärgere nie eine blutige Rose. Sie hat tödliche Dornen.

AF211385

Die blutige Rose

Ein Thriller von Ralf Böschen

Herstellung und Verlag:
Books on Demand GmbH, Norderstedt
ISBN 978-3-8423-3326-0

Auch auf dem Weg ins Verhörzimmer strahlte die Frau noch immer Würde und Grazie aus. Nicht einmal die Handschellen taten dem einen Abbruch. Kommissarin Marion Schmidt konnte nicht anders, sie musste diese Frau irgendwie bewundern. Die etwa Sechzigjährige konnte in den letzten 24 Stunden nicht viel geschlafen haben, dachte sie. Immerhin war sie nach ihrer Verhaftung erst nach München und dann nach Berlin geflogen worden.

Alles was die Polizei über sie Persönlich hatte waren der Name den sie angegeben hatte und fruchtlose Fingerabdrücke.

Madame Sylvia, nannte sie sich.

Mit einem fast aristokratischen Lächeln setzte die Frau sich auf den harten Stuhl an den Edelstahltisch und schien zu warten.

Marion Schmidt saß ihr nun gegenüber und betrachtete sie. Die Frau trug seit München kein Make-up mehr, sah aber immer noch fast verboten schön aus.

Außerdem fehlte ihrem Blick das gehetzte, das viele Gefangene hatten, oder der Trotz, den der Rest zeigte. Sie saß ruhig vor der Beamtin und wartete.

„Sie wissen, warum sie hier sind?", fing Marion Schmidt mit dem Verhör an.

Über das Gesicht der Frau huschte ein belustigtes Lächeln. „Gehen wir einmal davon aus", sagte sie ein Nicken andeutend.

„Sie sitzen hier, weil sie beschuldigt werden, junge Mädchen entführt zu haben", erklärte Marion Schmidt ihr trotzdem. „Wie es scheint, auf sehr lange Zeit. Außerdem sind sie Verdächtig, auch über lange Zeit, Mädchen gefoltert und getötet zu haben."

Die Frau nickte wissend, sagte aber nichts.

„Sie haben jede Form des Rechtsbeistandes abgelehnt", machte Marion Schmidt also weiter.

Wieder nickte die Frau nur.

„Wie ich vor wenigen Minuten erfahren habe, wurden auf ihrem Grund die sterblichen Überreste von 8 Mädchen gefunden", erklärte Marion Schmidt.

„Ihre Mitarbeiter arbeiten dem Gehalt entsprechend langsam", stellte die Frau reglos fest.

„Und wie viele werden sie finden?", fragte Marion Schmidt erschüttert über so viel Kaltschnäuzigkeit.

„Das weiß ich wirklich nicht, Frau Schmidt", erwiderte die Frau. „Aber es werden etwas mehr werden."

„Sie wissen es nicht?", der Ton der Beamtin wurde härter.

„Frau Schmidt, wenn sie mir zeigen, wie sehr sie mich verachten, werden sie nichts erreichen. Sie sollten bei einem solchen Gespräch Gelassenheit zur Schau stellen. Verunsichern sie ihr Gegenüber in dem sie selbst die größten Gräueltaten wie eine Steuererklärung vortragen", belehrte die Frau sie.

„Ach", Marion Schmidt merkte, dass sie es nicht nur mit einer schönen, sondern auch mit einer klugen Frau zu tun hatte. „Fangen wir doch einmal anders an. Zum Beispiel mit ihren Namen. Sie gaben bei ihrer Verhaftung 'Madame Sylvia' an. Und wie heißen sie richtig?"

„Sylvia", antwortete sie. „Madame ist die Bezeichnung meines Postens."

„Seit sehr langer Zeit existiert in Deutschland der Brauch eines Nachnamens", erinnerte Marion

Schmidt sie.

„Ich weiß", sagte die Frau mit einem angedeuteten Nicken.

„Und wie ist der Ihre?", hakte die Beamtin nach.

„Ich habe Keinen", erklärte die Frau.

Als sich Marion Schmidt aufregen wollte zeigte das Gesicht der Gefangenen enttäuschten Tadel. Marion Schmidt beruhigte sich wieder. „Wie Alt sind sie denn?", fragte sie.

„64 Jahre. Seit etwa einen Monat."

Marion Schmidt verbarg ihre Überraschung, sie hätte die Frau Jünger eingeschätzt.

„Der Anzeige nach lebten letzte Woche noch 14 Mädchen in ihrer Burg. Es wurde aber nur ein Mädchen gefunden. Wo sind denn die Anderen geblieben? Finden wir die auch auf ihrem Grundstück begraben?"

„Nein, sie wurden zu einer Zweigstelle gebracht, bis das neue Zentrum Bezugsfertig ist", antwortete die Frau.

„Ein Zentrum für was?", wieder regte sich die Polizistin auf.

„Frau Schmidt", das Gesicht der Gefangenen zeigte wieder diesen Tadel. „Sicher, sie stellen sich das Schlimmste vor. Vielleicht sorgen sie sich um die Mädchen selbst nach Dienstschluss, das vermag ich nicht zu sagen. Aber trotzdem sollte das Gespräch doch ein gewisses Niveau behalten. Sonst können wir es nämlich jetzt und hier beenden."

„Sie verkennen ihre Lage, Madame Sylvia!", Marion riss der Geduldsfaden mit dieser eiskalten Frau. „Sie werden schlimmster Vergehen beschuldigt. Der

5

Richter würde eine Mitarbeit ihrer Seite vielleicht beim Strafmaß bedenken."

„Nun werden sie lächerlich", Die Gefangene sah die Polizistin böse an. „Sie sollten einmal ihre Schul- und Ausbildung zu Rate ziehen bevor sie ein solches dummes Zeug daher reden. Die Bundesbürger haben nämlich ein verbrieftes Recht auf kompetente Exekutivbeamte, doch was ich hier erleben muss ist eine schallende Ohrfeige in das Gesicht des Steuerzahlers. Sie beschuldigen eine Frau von 64 Jahren der Entführung, des mehrfachen Mordes und eventuell weiterer Straftaten. Wie, glauben sie soll ein Richter, sollte es zur Verurteilung kommen, in diesen Fällen derart Milde walten lassen dass es die verhängte Strafe relevant berühren würde?

Reißen sie sich zusammen, oder lassen sie sich ablösen, wenn sie dieser Fall zu sehr belastet." Die Frau setzte sich wieder zurück und legte ihre Hände gefaltet auf den kalten Tisch.

„Marion?", in der Tür war ein Beamter erschienen und winkte seine Kollegin zu sich.

Der Gefangenen noch einen bösen Blick zuwerfend ging sie hinaus.

„Sie ist Eiskalt", erklärte sie ihrem Kollegen, Oberkommissar Klaus Aldig. „Außerdem besitzt sie eine höhere Schulbildung, nehme ich an." Beide sahen durch den Einweg- Spiegel in das Verhörzimmer.

„Denke ich auch. Sie spielt mit dir", meinte er.

„Ich will wissen, wer dieser Eisblock ist", sagte Marion Schmidt säuerlich. „Hat die Gerichtsmedizin schon was gefunden?"

„Sie untersuchen noch. Einen vorläufigen Bericht bekommen wir frühestens Morgen. Die Burg war aber nach der Anzeige definitiv von über 20 Menschen bewohnt."

„Hat das Mädchen schon etwas ausgesagt?", fragte Marion Schmidt.

„Nur, dass der Koch etwas geizig mit Gewürzen sei", antwortete der Oberkommissar schmunzelnd.

„Weder Namen noch Alter. Wie Fitschen sagt, sitzt sie mit freundlichem Gesicht da und umgeht jede Antwort mit Witz und ausgesucht höflich."

„Was zur Hölle war auf der Burg los?", wollte Marion Schmidt wissen.

„Wir wissen es noch nicht. Lassen wir die Madame bis morgen Früh schmoren", schlug Klaus Aldig vor.

Also brachte man die Gefangene in eine überwachte Zelle.

Interessiert sah sich Marion Schmidt an, was die offensichtlich angebrachte Kamera zeigte. Die Gefangene legte Kopfkissen und Bettdecke zur Seite um das Laken vernünftig zu spannen. Das Kopfkissen faltete sie über Kreuz bevor sie es aufs Bett legte, die Decke schlug sie halb auf, nach dem sie die glattgestrichen auf das Bett gelegt hatte. Sich entkleidend legte sie ihre Kleidung akkurat auf den Tisch und wusch sich am Waschbecken. Die Frau war auch Nackt noch sehr ansehnlich, fand die Polizeibeamte. Ebenso nackt legte sich die Gefangene ins Bett.

Am nächsten Morgen wurde sie wieder in das Verhörzimmer gebracht.

„Guten Morgen", begrüßte Klaus Aldig sie und setzte sich ihr gegenüber auf den Stuhl.

„Den wünsche ich ihnen auch", entgegnete sie. „Sie sollten dem Lieferanten der Bettstätten aber einmal auf die Finger klopfen. Ich nehme an, die Möbel waren nicht unbedingt günstig, da kann der Staat erwarten, dass sie weniger gesundheitsschädlich sind. Diese Betten fördern eine falsche Schlafhaltung und damit chronische Rückenleiden."

„Ich glaube nicht, dass die Betten nach der Bequemlichkeit ausgesucht wurden", erklärte der Oberkommissar.

„Leider doch", widersprach die Gefangene. „Diese Betten sind *zu* bequem."

„Ich habe noch nie darin gelegen", sagte Klaus Aldig. „Womit wir aber wieder bei ihnen wären. Uns interessiert brennend wer sie sind."

„Das nehme ich an", die Frau schmunzelte den Polizisten an.

„Gestern Abend haben sie ja schon ein Wenig erzählt. Warum erzählen sie nicht weiter? Sie nannten die Burg ein Zentrum. Was für ein Zentrum war sie?"

„Das heraus zu finden sollte doch eine interessante Aufgabe für die Bayrischen und Bundesdeutschen Strafverfolgungsbehörden sein", fand die Frau. „Ich hörte, dass die Gerichtsmedizin nahezu Wunder vollbringt."

„Sie könnten die langwierigen Untersuchungen aber abkürzen", gab er zu bedenken. „Auch ich bin immer wieder überrascht, was die Gerichtsmedizin herausfindet. Sicher wird sie auch die Geheimnisse der Burg lüften. Doch wenn sie helfen, könnten die

Leute sich auch um andere dringende Fälle kümmern. Fangen wir mit den Leichen an. Warum wurden die Menschen getötet? Wir haben bisher 35 gefunden. Mir wurde gesagt, dass darunter mindestens 5 Männliche sind."

„Ja, ich kann mir vorstellen, dass sie das brennend interessiert", meinte die Frau.

Bis zum Mittag erhielt Klaus Aldig aber keine fallbezogenen Antworten mehr.

Schweifte er einmal ab, antwortete die Frau, verstummte aber wenn er wieder auf das Thema kam. Wurde er Laut tadelte sie ihn.

Den Nachmittag über unterhielt sich Horst Mirow, ein Polizeipsychologe mit der Frau.

„Die Frau ist hochintelligent", erklärte er bei einer Besprechung. „Sie hat fundiertes Wissen aus allen möglichen Bereichen und sie wusste ganz genau, warum ich vom Thema abkam. Es macht ihr Spaß Fehler zu finden und diese zu berichtigen. Dabei schlägt sie jeden Lehrer, den ich je hatte. Aber es ärgert sie, wenn jemand Ungehalten wird."

„Sie mag also keine Emotionen", schlussfolgerte Klaus Aldig.

„Doch, über feinen Humor kann sie sogar herzlich lachen. Nein, sie verabscheut es, wenn jemand die Fassung verliert. Dasselbe Muster wie bei dem Mädchen. hochintelligent und selbstsicher. Hat die Gerichtsmedizin schon etwas?"

„Die Leichen datieren auf einen Zeitraum bis vor etwa 150 Jahre", erklärte ein Arzt. „Sie wurden seiner Zeit schon obduziert."

„Wie war das?" Marion Schmidt fiel fast vom Stuhl.

„Alle Skelette weisen Spuren auf, die beweisen dass die Körper geöffnet wurden", sagte der Mediziner. „Übrigens von Fachleuten. Zu jeder Zeit Mädchen und Frauen in verschiedenen Wachstumsphasen, die Männer sind alle über 18 Jahre Alt gewesen. Die letzten Leichen sind allerdings erst einige Wochen alt. Die sind wir noch am untersuchen."

„Eine Universität?", fragte Klaus Aldig.

„Bedingt", überlegte Horst Mirow. „Um ein genaueres Bild zu schaffen braucht es noch Anhaltspunkte. Aber ich denke, Ja, dort wurden Mädchen ausgebildet. Weiter will ich noch nichts sagen, bis ich mehr Anhaltspunkte habe."

„Die Burg wurde aber klinisch rein hinterlassen", sagte der Leiter der Spurensicherung. „So wie es aussieht, haben die Beiden auf uns gewartet. Festgenommen wurden sie im einzigen Raum, der noch eingerichtet war. Dem Salon."

„Es muss doch etwas geben", fluchte Klaus Aldig.

„Wie die medizinische Abteilung schon sagte, die kannten sich aus. Nicht einmal in den Abwasserrohren sind Haare. Wir suchen aber weiter", versicherte der Leiter der Spurensicherung.

„Wissen wir denn, wie Alt das Mädchen ist?", fragte Marion Schmidt.

„Nicht genau", Antwortete der Arzt. „Zwischen 13 und 15. Erst eine Knochenuntersuchung würde das genaue Alter preisgeben. Aber sie lehnt diese ab und einen gerichtlichen Beschluss haben wir noch nicht."

„In dem Alter eine solche Disziplin?", wunderte Marion Schmidt sich.

„Verblüffend, aber so ist es", bestätigte der

Psychologe.

„Etwas anderes. Die Burg muss doch mit Lebensmitteln und anderem versorgt worden sein. Gibt es da nichts?", fragte Klaus Aldig.

„Nichts", sagte der Leiter. „Aber wir haben den, der die Anzeige erstattet hat. Ein Baufirmen-Inhaber. München sagt, er habe sich darüber geärgert, dass eine fremde Firma mit der Ausbesserung des Daches beauftragt worden war. Dann hatte er die drei Gräber gesehen und die Polizei gerufen. Er hat extra einen Kurs gemacht um mit einem Ultraleichtflugzeug über die Burg zu fliegen", der Beamte musste grinsen.

„Madame würde ihn für so viel Eigeninitiative loben", glaubte Marion Schmidt schmunzelnd.

„Wahrscheinlich", stimmte Horst Mirow zu. „Aber ich glaube nicht, dass sie uns mehr erzählt. Überwachen wir das Mädchen. Wenn sie unter Gleichaltrigen ist, wird sie vielleicht etwas sagen."

*

Madame Sylvia, wie sie auch von der Presse genannt wurde, kam in das Frauenuntersuchungsgefängnis. Auch von ihr erhoffte man sich Antworten, die sie vielleicht Mitgefangenen geben würde.

Als man bei der Einlieferung ihre Daten abfragte verwies sie höflich auf die Akte der Polizei. Die Vollzugsbeamtin ging sie deswegen rüde an, was ihr einen tadelnden Blick einbrachte.

Auch die herablassende Art der Blockaufseherin fand nicht das Wohlwollen der älteren Frau. „Ihre

Aufgabe erfordert eine ruhige Sachlichkeit", erklärte Madame Sylvia.

Erbost schickte die Beamtin die Frau in eine Viererzelle.

Madame Sylvia sah sich um und legte ihre Habseligkeiten auf das leere Bett.

„Puppe, das ist mein Bett für den Mittagsschlaf", regte sich eine bullige Frau auf. „Du musst dir erst mal verdienen..." Weiter kam sie nicht. Madame Sylvia hatte ohne jeden Ansatz zugeschlagen.

Die beiden anderen Frauen hörten wie Zähne und Kiefer nachgaben.

„Es widerstrebt mir wirklich in dieser Zelle zu sein", erklärte Madame Sylvia ruhig.

„Doch wir sollten versuchen die Zeit so Spannungslos wie möglich vorüber gehen zu lassen."

Als die am Boden liegende Frau versuchte die ältere Frau mit einer Beinschere von den Füßen zu holen wich die elegant aus, griff sich deren Haare und brach ihr mit einer komplizierten Drehung das Genick.

„Bist du Wahnsinnig?", schrie eine der anderen Frauen von ihrem Hochbett aus. „Du hast Karin umgebracht!"

„Über die Frage könnte man vielleicht noch diskutieren, die Feststellung ist aber Richtig", sagte Madame Sylvia sich wieder aufrichtend um sich aufs Bett zu setzen.

Die andere Mitgefangene schrie nach den Wärtern, die auch sehr schnell kamen.

Fassungslos sahen die beiden Beamtinnen auf die Leiche, die blutend am Boden lag. Während die eine die ältere Frau mit der Waffe in Schacht hielt rief die Andere über Funk Verstärkung.

So saß Madame Sylvia schon eine Stunde später wieder Marion Schmidt gegenüber.

„Darf ich erfahren was dieser kaltblütige Mord zu bedeuten hat, oder ist das auch ein Geheimnis der Madame Sylvia?", fragte die Kommissarin wütend.

„Diese Karin verging sich nicht nur im Ton", erklärte die ältere Frau. „Ich musste befürchten, dass sie ebenso meine Nachtruhe gestört hätte. Eigentlich hatte ich gehofft, dass mein erster Verweis ausgereicht hätte. Da dem aber nicht so war? - Ich glaube aber nicht, dass jemand lange um diesen Abschaum trauert."

„Sie haben die Frau also mit purer Absicht getötet?", Marion Schmidt sah die Frau, die so Damenhaft dasaß, entgeistert an.

„In, in purer Absicht", berichtigte Madame Sylvia sie. „Sicher. Sonst hätte ich diese Technik mit Sicherheit nicht angewendet."

*

„Madame Sylvia sitzt nun in einer Einzelzelle", berichtete Klaus Aldig bei einer Besprechung. „Einfach um die anderen Insassen zu schützen. Geht sie Duschen, dann Alleine und unter dreifacher Bewachung. Die Beamtinnen dort haben eine Heidenangst vor der Frau. Ach ja, wir haben noch 20 männliche Leichen gefunden. Die werden zurzeit aber noch untersucht."

„Wer konnte ahnen, dass sie derart kaltblütig tötet", Marion Schmidt schüttelte den Kopf. „Eine weibliche

Hannibal Lecter?"

„Eine Frau ohne moralische Skrupel auf jeden Fall", nickte der Psychologe. „Ich würde dringend vorschlagen das Mädchen aus dem Heim nehmen zu lassen. Denn Madame Sylvia ist definitiv eine Lehrerin und das Mädchen ist ihre Schülerin. Es ist mir zwar nicht klar warum sie noch in der Burg war als die Polizei kam, aber ich gehe davon aus, dass auch sie gefährlich ist. Hat die Gerichtsmedizin schon Befunde, die Leichen betreffend?"

„Vermuten sie etwas?", fragte der Arzt.

„Ja, aber ich hoffe, ich irre mich."

„Nun. Wie es aussieht wurden an den weiblichen Leichen die Entwicklungen zur Frau studiert. Selbst der Muskelaufbau und das Gehirn. Ebenso die Gesichtspartie. In der Burg muss ein gewaltiges Labor gestanden haben. Wir haben Spuren gefunden, nach denen Knochen in Scheiben geschnitten wurden um diese wohl zu untersuchen. Die männlichen Leichen weisen nur oberflächliche Spuren auf. Auch ihre Muskulatur wurde wohl untersucht, aber der Rest nicht so gewissenhaft."

Horst Mirow nickte.

„Was sagt ihnen das?", fragte Klaus Aldig.

„Das die Burg eine Schule war. Die Mädchen, die dort ausgebildet wurden sind alle geschult um zu töten. Madame Sylvia ist über 60 und zertrümmert einer Kampfsportlerin den Kiefer mit einem Schlag. Sie untersuchen Knochen und Muskelgewebe. Außerdem wurde auf strenge Ausbildung geachtet."

„Aber warum die Knochenuntersuchung an kleinen Kindern?", fragte Klaus Aldig.

„Um den Mädchen ihre Grenzen zu zeigen", erklärte

der Psychologe. „Die Anderen Untersuchungen zeigten den Mädchen wie weit sie im Bett gehen konnten."

„Wie Bitte?", die Stimme von Marion Schmidt überschlug sich fast.

„Die Mädchen sind mit Sicherheit alle schön", erklärte der Psychologe. „Madame achtet sogar im Gefängnis auf ihr Aussehen. Auch das Mädchen, das wir gefunden haben ist ausnehmend hübsch. Sie ist aber auch genauso Kalt wie Madame. Hat sie eigentlich schon einen Namen?"

„Hebe Nyx", las Klaus Aldig vor. „So nennt sie sich zumindest."

„Das ist gar nicht gut", fand der Psychologe.

„Sicher ist das ein blöder Name, aber wohl sehr einzigartig", meinte der Arzt.

„Einzigartiger geht es auch nicht. Hebe - die Schönheit, mit Nachnamen Nyx – die Nacht. Nyx ist eine der drei Urgöttinnen. Die Göttin, vor der selbst Zeus Angst hat.

Hebe ist die Schönheit, verstoßen vom Tisch der Götter. Das beweist mir nur, dass das Mädchen höllisch gefährlich ist."

Klaus Aldig suchte sich die Nummer des Heimes, in das das Mädchen gebracht worden war, aus den Unterlagen und rief dort an. Was er zu hören bekam gefiel ihm gar nicht.

„Was denn?", fragte Marion Schmidt.

„Lösen sie sofort eine Großfahndung aus", verlangte er. „Hebe ist aus dem Heim verschwunden."

„Gleich eine Großfahndung? Das ist ein junges Mädchen", fand der Leiter der Spurensicherung.

„Das vor etwa 15 Minuten dem Heimleiter drei

Finger brach, als der sie am verlassen des Hauses hindern wollte", erklärte der Oberkommissar.

„Ich werde mich noch einmal mit der Madame unterhalten", sagte Horst Mirow. „Das Mädchen hätte warten können, tat es aber nicht. Da liegt etwas im Argen."

Madame Sylvia wurde in den Besucherraum gebracht, allerdings angekettet. Trotzdem zeigte sie eine Würde, die den Psychologen beeindruckte.

„Ich habe da ein Problem, bei dem sie mir vielleicht helfen könnten", erklärte Horst Mirow freundlich.

„Ich?", fragte Madame Sylvia überrascht. „Einem Psychologen?"

„Ja, auch wenn viele meiner Kollegen sich für allwissend halten, wir sind es nicht", versicherte der Psychologe. „Besonders wenn es um Dinge geht wie ihre Schule der Todesengel."

Wenn er nun dachte, er könne damit eine Reaktion bei Madame Sylvia hervorlocken, hatte er sich getäuscht. Sie zeigte nicht einmal Überraschung.

„Mein Problem heißt Hebe Nyx", sagte er also.

„Ich nehme an, sie beziehen sich auf die mythischen Wurzeln dieser Namen, oder? Hebe, die hübsche Mundschenkin und Nyx, die Nacht", fragte sie lächelnd nach.

„Das nehme ich auch an. Das hübsche Mädchen, das mit ihnen auf der Burg war, gab sich diesen Namen, oder man gab ihr diesen Namen, das weiß ich nämlich nicht", antwortete er.

„Auch wenn der Name nicht sehr schön über die Zunge geht, ich finde ihn sehr hübsch", überlegte Madame Sylvia.

„Und mir macht er Angst", gab der Psychologe zu. „Besonders wenn man bedenkt, wen Nyx geboren hat."

„Ja, sie hatte schon garstige Kinder", gab die ältere Frau zu. „Alter, Tod, Zwietracht, Ärger und Verderbnis. Aber doch auch Freundschaft, Freude und Mitleid. Ja, eine sehr gemischte Familie."

„Doch diesen Namen führt nun ihre Schülerin", sagte Horst Mirow. „Sie wissen nicht zufällig, warum das Mädchen nicht einfach heimlich aus dem Kinderheim verschwand, sondern erst einmal dem Heimleiter die Finger brach?"

„Tat sie das?", die Frau setzte sich zurück.

„Ja, das tat sie", bestätigte Horst Mirow. „Ein überdurchschnittlich schlaues Mädchen, das auf Disziplin trainiert wurde löst eine Fahndung nach sich aus."

„Wann hat den das Mädchen diesen Angriff verübt", wollte Madame Sylvia wissen.

„Vor etwa einer halben Stunde", erzählte er.

„Dann sollten sie innerhalb der nächsten 2 Stunden jemanden finden, der akupunktieren kann", sagte sie. „Dem Manne dürften nämlich langsam die Hand und der Unterarm taub werden. Diese Schwäche breitet sich aus und wird ihn töten, wenn ihm niemand hilft"

Horst Mirow glaubte ihr jedes Wort und gab das an den Stab durch.

„Jetzt frage ich mich aber, warum sie mir das erzählt haben", sagte der Psychologe als er sich wieder zu der Frau setzte.

Die Frau lächelte als Antwort nur hintergründig.

„Was hat das Mädchen vor?", fragte Horst Mirow

noch einmal, bekam aber keine weitere Antwort.

Als der Psychologe das Gefängnis verließ ahnte er, dass da noch etwas auf Berlin zukommen würde und er hatte Angst davor. Aber diese Frau gab ihm keine Antworten, wieso auch? Mit dem Mord hatte sie sich einen Daueraufenthalt im Gefängnis gesichert. Jetzt galt es heraus zu finden wo diese Todesengel schon zugeschlagen hatten. Auch wenn das bestimmt schwer werden würden.

*

Als Horst Mirow am nächsten Morgen zur Arbeit kam wartete Klaus Aldig schon auf ihn.
„Noch steht es nicht in der Zeitung", begrüßte der Oberkommissar ihn und legte ihm drei Bilder auf den Tisch. Auf allen Dreien war dieselbe Leiche zu sehen. Auf einem war besonders der Kussmund hervorgehoben, der der männlichen Leiche auf der Stirn prangte. Er war tiefschwarz. Horst Mirow sah den Oberkommissar fragend an.
„Die Leiche trägt keinerlei Verletzungen und ebenso keine Spuren eines bekannten Giftes", erklärte dieser ihm.
„Er hatte Geschlechtsverkehr?", fragte der Psychologe „und zwar mit dem Mädchen?"
„So ist es", bestätigte Klaus Aldig. „Louis Franier galt als Drahtzieher des Bandenkrieges der Zuhälter von Paris. Er starb heute Nacht im Adlon."
„Heute Nacht? Ist nicht der Außenminister von Dubai dort abgestiegen?", fragte der Psychologe entsetzt.

„So ist es", nickte Klaus Aldig. „Das Hotel ist eine Festung und nun das hier. Keine der Kameras hat sie aufgenommen und Franier hat auch niemanden angerufen. Also frage ich dich, wie ist sie ins und aus dem Hotel gekommen?"

„Ich habe keine Ahnung", gab Horst Mirow zu. „Aber sie wollte ein Zeichen setzen."

er tippte auf den Kussmund. „Überprüfen wir doch mal, wann Franier abreisen wollte."

„Haben wir schon. Heute", sagte der Kommissar.

„Deshalb ist sie gestern abgehauen und nicht erst heute Nacht", überlegte Horst Mirow. „Sie hatte einen Auftrag. Deshalb war sie auch noch in der Burg. Sie ist Minderjährig und somit keine Kandidatin für das Gefängnis. Wir haben sie schön nach Berlin gebracht um ihren Auftrag zu erledigen. Soll ich Madame einmal fragen, ob wir die Fahrkosten erstattet bekommen?"

„Das ist kein Thema mit dem man Witze reißt", regte sich der Oberkommissar auf.

„Was soll man sonst tun?", fragte der Psychologe. „Ich glaube nicht, dass wir Hebe Nyx wieder sehen. Zumindest nicht in Deutschland. Dafür ist sie zu gut ausgebildet."

„Sie ist eine Mörderin", zischte Klaus Aldig.

„Sie ist eine *perfekte* Mörderin", vervollständigte Horst Mirow. „Ich habe mir heute Nacht die Zeit im Internet vertrieben. Wenn man weiß wonach man sucht, dann findet man dort interessante Dinge. Ich denke, wir sind da auf etwas Besonderes gestoßen. Immer wieder kommen in der Geschichte Todesfälle vor, die überraschend sind. Wenn man die einschränkt und überprüft dann kann man davon ausgehen dass diese Gruppe von mörderischen Mädchen Uralt ist. Ein oder zwei Mal sind angebliche Zellen ausgehoben worden. Aber sie haben sich wohl immer wieder zusammen gefunden. Grob geschätzt gehen vier Päpste, acht Könige und so einige große Händler auf ihre Kappe. Die Blutigen Rosen – So werden sie bezeichnet."

„Und die sind in Deutschland?", der Oberkommissar setze sich schwer.

„Ich nehme es an. Aber das ganze sollte vielleicht doch die Computerabteilung durchforsten. Ich habe nur einen alten Rechenknecht zu Hause."

„Wird sie", versicherte Klaus Aldig. „Ich will mal sehen, ob ich nicht die Rechenpower des BND dazu bekomme. Sollte klappen, da der Außenminister von Dubai in Gefahr war."

„Zumindest nach Außen", der Psychologe schmunzelte. „Aber ich glaube nicht, dass jemand in Gefahr ist, der es nicht sein soll. Ich werde noch einmal mit der Madame sprechen."

„Tun sie das. Wir brauchen Greifbares", verlangte der Oberkommissar.

„Heute würde ich mich gerne mit ihnen über die Blutige Rose unterhalten", erklärte Horst Mirow direkt, als er sich setzte.

„Da müssen sie mir auf die Sprünge helfen", sagte Madame Sylvia überlegend. „Der Begriff ist so überstrapaziert dass es schwer ist den Richtigen heraus zu picken. Meistens wird er in Verbindung mit dem Verlust von etwas Geliebten benutzt."

„Ich denke da mehr an eine Organisation von mörderischen Mädchen", verringerte Horst Mirow die Auswahl extrem.

„Ach?", die ältere Frau sah ihn lächelnd an. „Sie beschäftigen sich aber mit ausgefallenen Mythen."

„Sie auch", gab er zu bedenken, „Sie scheinen sie ja auch zu kennen."

„Ja, ich habe viele Neigungen", gab sie zu. „Ich lese gerne, ich lerne gerne und ich schlafe gerne mit wohlgestalteten Männern und Frauen. Leider ist mir alles Drei in dieser Unterkunft verwehrt."

„Was sie sich wohl selbst zuzuschreiben haben", fand Horst Mirow. „Allerdings nehme ich nicht an, dass es auf der Burg besonders viele Männer gab. Abgesehen von denen, die wir ausgegraben haben."

„Wissen sie dass es auf der Welt sehr viele Männer gibt?", fragte Madame Sylvia lachend.

„Doch", gab er zu, „ich habe so etwas gehört. Doch die, die auf die Burg kamen, sind wohl alle Tot."

„Die, die sie fanden? Offensichtlich", nickte sie.

„Kommen wir zurück zu den Mädchen. Haben sie eine Ahnung, wo Hebe Nyx ist?", fragte er abrupt.

„Nein, Herr Mirow, das weiß ich nicht", sagte sie. „Da sie von der blutigen Rose als Organisation sprachen, nehme ich an, dass sie das Mädchen dazu rechnen und nun befürchten sie, dass dieses Mädchen mordend durch Berlin zieht."

„Ich weiß sogar, dass sie schon gemordet hat", sagte der Psychologe.

„Na so was aber auch. Sie wissen es? Und das bei einer, die diesem Orden angehören soll? Da muss das Mädchen aber fürchterlich gepatzt haben", fand Madame Sylvia. „Oder sollte es gar kein Fehler gewesen sein, dass man es herausfand? Die Welt ist voller Fragen."

„Weswegen es meinen Beruf gibt", nickte Horst Mirow. „War es ein Fehler?"

„Finden sie es heraus, Herr Doktor", meinte sie.

„Warum helfen sie mir nicht dabei?", fragte er.

„Weil es nicht meine Aufgabe ist, das Mädchen zu finden", erklärte sie. „Meine Aufgabe ist es 23 Stunden in einer Zelle zu sein und auf einen Prozess zu warten, eine Stunde in den Hof und einmal die Woche duschen zu dürfen. Nach dem Prozess wird es wohl meine Aufgabe werde, diesen Tagesablauf bis zu meinem Tod weiter zu führen. Natürlich kann es passieren, dass dieser Tagesablauf durch einen Unfall abrupt unterbrochen wird, aber das wollen wir ja nicht hoffen."

„Wie kommt es, dass eine so intelligente und kultivierte Frau nun in Ketten in diesem kalten Raum sitzt?", fragte Horst Mirow traurig.

„Es liegt zumindest nicht an ihnen, Herr Mirow", sagte sie mit tröstendem Unterton. „Nehmen sie sich das alles nicht zu sehr zu Herzen. Sie verdienen nicht genug um sich deswegen Kaputt zu machen. Denken sie an ihre Familie", dabei nickte sie in Richtung seines Eherings.

„Wie war das Gespräch heute?", fragte Marion Schmidt, als sie Horst Mirow traf.

„Die Frau ist absolut berechnend und sie weiß was los ist", antwortete er.

„In einer Stunde müssen wir die Informationssperre aufheben und dann wird es hier Hoch her gehen", sagte sie. „Haben wir irgendetwas Greifbares?"

„Nur wenn die Spurensicherung etwas hat. Die Frau

erzählt nichts", erklärte er.

Beide gingen in ihre Büros um weiter zu arbeiten.

*

Horst Mirow forstete alles durch, was er über Menschen wie die Madame Sylvia herausfinden konnte. Mit der Pressekonferenz hatte er nichts zu tun und achtete deshalb nicht auf die Zeit. Erst als er Hunger hatte verließ er sein Büro um in die kleine Küche zu gehen.

„Weißt du wo Marion ist?", rief ihm Klaus Aldig zu.

„Wieso?", fragte er zurück.

„Weil sie nach der Pressekonferenz mit wütendem Gesicht verschwand und noch nicht zurück ist", erklärte der Oberkommissar.

„Wahrscheinlich reagiert sie sich draußen ab", lachte der Psychologe. „War es so schlimm?"

„Ich hasse die Pressefritzen", gab der Oberkommissar zu. „Spätesten das Dritte - Wir wissen es nicht- sollte doch hinlänglich ausreichen, dass auch ein Schreiberling es begreift."

„Sie sind halt eine eigene Zunft", lachte Horst Mirow und ging in die kleine Küche.

Als er später in der Telefonzentrale nachfragte, hatte sich die Kommissarin gemeldet und erklärt, dass sie einer Spur nachginge.

„Sag ich doch, sie musste sich nur abreagieren", lachte er.

*

Horst Mirow saß mit seiner Frau noch beim Frühstück als das Telefon klingelte. Er hatte

Spätschicht und rechnete deshalb mit seinem Bruder, der ihn erinnern wollte, dass sie dessen Wagen reparieren wollten. So ging er schmunzelnd an den Apparat.

„Mirow?", fragte Klaus Aldig ihn.

„Ja, was ist? Ich habe Spätschicht", verteidigte er sich.

„Ich lasse dich abholen", erklärte der Oberkommissar. „Der Wagen müsste jeder Zeit bei dir sein."

„Was ist denn los?", fragte Horst Mirow unsicher.

„Nicht am Apparat. Aber mach dich auf etwas Schlimmes gefasst", warnte Klaus Aldig vor.

In einem Zivilwagen wurde Horst Mirow durch die halbe Stadt zu einer stillgelegten Fabrik gefahren. Der Fahrer hatte aber auch nach dem zweiten Nachfragen keine Ahnung was dort sein sollte. Das Gelände war jedoch weiträumig abgesperrt. Auch der Polizeipsychologe wurde erst durchgelassen, nach dem sein Ausweis kontrolliert worden war.

„Was ist denn los?", fragte er Klaus Aldig, den er auf dem alten Hof traf. Der Oberkommissar sah überhaupt nicht gut aus. Horst Mirow vermutete, dass er sich mindestens zweimal übergeben hatte.

„Wir haben Marion Schmidt gefunden", erklärte er mit dünner Stimme.

Horst Mirow sah ihn erst fragend, dann erschrocken an.

„Sieh es dir an und sag mir dann wer das war", verlangte der Oberkommissar.

Mit sehr mulmigem Gefühl betrat der Psychologe die alte Halle. Er hatte mit etwas Schlimmen gerechnet aber das was er sah schlug seine schlimmsten Befürchtungen. Jemand hatte der Kommissarin schwere Harken durch die Handgelenke getrieben und sie daran Nackt aufgehängt. Das Bild erinnerte entfernt an eine Gekreuzigte.

Zwei Ärzte untersuchten die Leiche noch, während sie dort hing. Horst Mirow sah einen von ihnen fragend an.

„Wenn du dem Täter ein Artest ausgestellt hast, dann bring ich dich um", versprach der Arzt. „Die Frau Kommissarin ist bestimmt nicht schnell gestorben."

Das vermutete der Psychologe auch nicht. Er zwang sich die Leiche anzusehen. Jemand hatte der Polizistin die Brüste abgeschnitten; wie es aussah auch die Knie und das Becken gebrochen.

Das Gesicht war nur noch eine blutverkrustete Maske unter der man nichts erkannte und unter dem Rippenbogen gab es einen Schnitt, der klaffend offen stand.

Horst Mirow ging um die Leiche herum, doch der Rücken war unversehrt.

„Sie war wohl Tot als man ihr das Herz heraus schnitt", erklärte der Arzt. „Doch vorher muss die Ärmste grauenhafte Schmerzen erlitten haben."

„Wer war das?", fragte Klaus Aldig vom Tor aus.

„Hebe Nyx", antwortete der Psychologe. Er zeigte auf eine kleine Rose die im Blut unter der Leiche lag.

„Aber wieso? Marion hatte mit dem Mädchen doch nichts zu tun."

Horst Mirow umging geübt die gekennzeichneten Spuren und ging zu ihm. „Ich weiß es nicht, Klaus", erklärte er leise. „Sie wird es uns aber mitteilen."

„Und warum nicht gleich?", donnerte der Oberkommissar.

„Wegen genau dieser Wirkung", sagte der Psychologe. „Dieses Mal will sie Leid verbreiten."

Schon der erste schriftliche Untersuchungsbericht las sich wie ein Horrorroman.

„Die Folterung hat ungefähr 2 Stunden gedauert", fasste Klaus Aldig zusammen. „In der Zeit hat der Satan ihr die größtmöglichen Schmerzen zugefügt."

„Woran ist sie gestorben?", fragte Horst Mirow leise, auch er war Nervlich fertig.

„Wie die Ärzte schreiben, starb sie doch erst, als ihr das Herz entfernt wurde. Das ist übrigens nicht gefunden worden."

„Es wird auftauchen, da bin ich mir sicher", sagte der Psychologe.

Da klingelte auch schon das Telefon.

„Zum Gefängnis", sagte der Oberkommissar nur und lief los. Horst Mirow lief hinterher und mit Blaulicht fuhren sie durch die Stadt.

In der Poststelle des Gefängnisses herrschte helle Aufregung. Horst Mirow sah in das Päckchen, dass wohl der Grund war. In einer Plastikschüssel schwamm dort ein Herz und der Geruch verriet, dass es in einem Schnaps lag.

„Es ist mit der Post geschickt worden!", schrie die kontrollierende Beamtin. „Mit der Post!"

„Warten wir auf die Spurensicherung", sagte Klaus Aldig. „An wen ist es geschickt worden?"

„Madame Sylvia", erklärte eine Inhaftierte, die in der

Post half. Auch sie war Kreideweiß.

„Das habe ich vermutet", nickte Horst Mirow. „Aber das ist nur die Postadresse. Es ist an uns gerichtet."

„Und warum dann hierher?", fragte die Beamtin hysterisch.

„Wegen der Verbindung zu ihrer Lehrerin. Sie will, dass wir sie Frei lassen", erklärte der Psychologe.

„Eine Drohung kann man ignorieren, das nicht."

„Das heißt, sie geht dafür über Leichen", erfasste Klaus Aldig die Lage.

„Sie ist eine ausgebildete Killerin", erinnerte der Psychologe ihn. „Jetzt macht es auch Sinn, dass sie bei dem Franzosen Spuren hinterlassen hatte. Sie wollte damit zeigen dass sie durch nichts aufgehalten werden kann."

„Ich will sie haben", der Oberkommissar zitterte förmlich. „Rede mit der Schlampe da drinnen so lange bis wir eine Spur haben."

„Genau diese Reaktion will sie provozieren", erklärte Horst Mirow. „Aber ich werde mit ihr reden. Vielleicht erfahre ich ja etwas über die Ausbildung."

Horst Mirow war noch immer aufgewühlt, als er in das Besucherzimmer kam. Zwei Beamtinnen brachten auch gerade Madame Sylvia herein.

„Ich sollte mich hierher verlegen lassen", witzelte die Frau. Doch sie setzte sich und ließ sich widerstandslos anketten.

„Ich hörte vom Tot der Polizistin", sagte sie, als die Wärterinnen wieder draußen waren. „In diesem Haus wird Diskretion nicht sehr Hoch gehalten."

Horst Mirow merkte, dass die Frau ihn provozieren wollte, ging darauf aber nicht ein und wartete einen

Augenblick.

„Ihre Schülerin muss doch wissen, dass die Bundesrepublik sich nicht erpressen lässt", sagte er dann in die Stille. „Warum also der sinnlose Mord? Sagen sie bitte nicht wieder: Finden sie es heraus. Das ist ihrer Intelligenz nicht würdig", setzte er gleich dazu.

„Finden sie?", die Frau schmunzelte. „Ja, wahrscheinlich haben sie Recht. Hebe Nyx, wie sie sie nennen, ist nicht nur eine Schülerin unseres Institutes. Sie ist meine Tochter."

Horst Mirow konnte seine Überraschung nicht völlig verbergen.

„Natürlich nicht meine Leibliche", lachte sie auf. „Ihre leibliche Mutter starb während der Geburt und ich zog die Kleine auf. Das war ich der Situation schuldig. Immerhin starb ihre Mutter durch meine Hand. Nun, sie wollen wissen, was meine Tochter bewirken will? Sie will mich töten."

„Wieso?", rutschte den Psychologen überrascht heraus.

„Die Schülerin möchte sich mit der Lehrerin messen. Eine ganz natürliche Angelegenheit. Je besser der Schüler ist, umso schneller kommt es zu einem solchen Duell. Ein Maurer-Geselle versucht seinen Meister zu überflügeln. Ein Tischler versucht schönere Möbel zu schreinern und eine Mörderin versucht ihre Meisterin zu töten. Ich wäre enttäuscht gewesen, wenn sie es nicht versucht hätte."

„Und dafür versucht sie, ihre Meisterin aus dem Gefängnis zu holen?", fragte Horst Mirow. „Sie braucht doch nur auf ihren Gerichtstermin zu warten."

„Das wird sie nicht", war sich Madame Sylvia sicher. „Das wäre einer von uns Unwürdig. Zumindest in einem Duell. Was die Kleine im Moment tut ist auch nicht gedacht um mich hier heraus zu holen. Sie bereitet das eigentliche Duell vor. Sie verbreitet Panik unter denen, die uns bei unserem Händel stören könnten."

„Sie tötet um die Polizei zu verunsichern?", fragte Horst Mirow nun mit jeder Faser zuhörend.

„Glauben sie wirklich, meine Schülerin hat die Kommissarin nur getötet?", die Frau sah den Psychologen überrascht an. „Nein, das war nur eine Befragung. Sie hat einiges erfahren und nun erwartet sie meinen ersten Schritt."

„Nur, dass sie im Moment wenig Möglichkeiten haben", erinnerte Horst Mirow sie an ihre Situation.

„Ja, ich bin etwas eingeschränkt in meinen Mitteln", erkannte sie. „Aber da meine Schülerin noch derart Jung ist, ist ein kleiner Vorteil legitim."

„Die Ausbildung in ihrem Orden muss sehr interessant sein", fand Horst Mirow. Nun hatte die Frau schon so viel erzählt, da musste er nachhaken.

„Sie ist lang und sie ist hart", erklärte Madame Sylvia. „Aber die Früchte der harten Arbeit sind es Wert."

Horst Mirow versuchte die Frau mit seinem Blick zum weiterreden zu überreden, doch diesmal klappte es nicht. Mit eher mehr Fragen ging er wieder.

„Das soll ja wohl ein Witz sein?", platzte Klaus Aldig heraus, nachdem Horst Mirow ihm von dem Gespräch erzählt hatte. „Die duellieren sich?"

„So ist es", nickte der Psychologe. „Das Mädchen wartet angeblich auf die Reaktion der Meisterin."

„Ich werde eine Verlegung in den Hochsicherheitstrakt beantragen", beschloss der Oberkommissar.

Madame Sylvia lag in ihrem Bett, als die Tür aufging und ihr die Verlegung mitgeteilt wurde. Drei Beamtinnen blieben in der Zelle als ihr befohlen wurde sich zu entkleiden und den weißen Papieroverall anzuziehen. Eine vierte Beamtin legte ihr Fußfesseln und Handschellen an bevor sie hinaus geführt wurde.

Im Hof wartete ein Transportwagen in den sie so würdevoll, wie die Fesseln es zuließen einstieg. Als der Wagen den Gefängnishof verließ folgte ihm ein Streifenwagen und die Fahrt ging durch das nächtliche Berlin.

Immer wieder einmal sah der Beifahrer des Transportwagens durch die Luke nach Hinten. Madame Sylvia saß auf ihrer Bank und nickte ihm sogar freundlich zu.

Doch plötzlich brach in dem Wagen die Hölle los. Die Klappe, durch die der Beifahrer hinein gesehen hatte wurde bis durch die Frontscheibe gesprengt und die schwere Hecktür flog im Bogen auf das Begleitfahrzeug.

*

Als Klaus Aldig und Horst Mirow zum Tatort kamen bot sich ihnen ein Bild der Verwüstung. Alle vier Beamten waren Tot, die Fahrzeuge zerstört und die

Gefangene verschwunden. Allerdings lagen der Overall und auch die Ketten noch im Wagen.

„Wie, zur Hölle hat sie das gemacht?", verlangte der Oberkommissar zu wissen.

„Die Sprengungen fanden von innen nach außen statt", erklärte ein Beamter der Spurensicherung.

„Sie hatte aber nichts dabei. Die Verlegung wurde auch geheim gehalten", überlegte Klaus Aldig.

Horst Mirow hockte vor dem zerstörten Wagen und überlegte. „Wurde sie geröntgt?", fragte er weiter in den Wagen blickend.

„Nein, wieso?", fragte Klaus Aldig. „Das tun wir bei Drogendelikten. Außerdem, sie war lange genug in Gewahrsam um nichts mehr dabei zu haben. Horst. Sie ist eine alte Frau."

„Sie ist eine Frau, die von Kindesbeinen an gelernt hat zu töten", sagte der Psychologe. „Sie ist ausgebildet worden um in allen Situationen zu morden. Dieser Frau würde ich nicht einmal mehr trauen wenn sie beerdigt ist. Jetzt bleibt die Frage: War dass ihr Zug, oder hat sie nur ihren Bewegungsspielraum vergrößert?"

„Sie hat vier Beamte umgebracht. Was soll sie denn noch tun?", fragte einer der Spurensicherung aufgebracht.

„Genau diese Frage macht mir Angst", erklärte Horst Mirow aufstehend. „Ich würde zu allerhöchster Alarmbereitschaft raten. Im Moment sind wohl die gefährlichsten Menschen in Berlin, die diese Stadt je gesehen hat. Hier versuchen sich zwei hochintelligente Soziopaten zu übertreffen."

„Hannibal Lecter sitzt aber in den USA", meinte eine der Beamtinnen.

„Der Mann ist eine Romanfigur", erklärte der Psychologe. „Diese beiden Frauen sind Real. Außerdem sind sie Gefährlicher."

„In wie fern", fragte Klaus Aldig.

„Sie sind ausgebildet worden um zu töten. Und zwar von einer Jahrhunderte alten Organisation. Die beiden Psychopathen bringen ein immenses Wissen mit, was morden betrifft", erklärte er.

Von nun an übernahm der Polizeipräsident von Berlin selbst die Leitung. Von Horst Mirow ließ er sich die beiden Gesuchten beschreiben während er in der Stadt sämtliche Sicherheitslevel erhöhte.

„Wo könnten sie sich aufhalten", fragte er den Psychologen im Hof der Einsatzzentrale, wo der Psychologe eine rauchte.

„Überall", erklärte der ihm schonungslos. „Das Mädchen hat sich in ein gesichertes Hotel geschlichen und sein Opfer noch ausgiebig gebumst. Beide sind, wenn ich Recht habe, Meister der Verkleidung und haben absolut keine Skrupel. Wenn sie auch noch Zugriff auf Geld haben, dann sind sie so Gut wie unauffindbar."

„So ist es", erklärte eine Frau, die dazu gekommen war. Freundlich zeigte sie ihren Ausweis. „Ruth von Dehrstedt, BND", stellte sie sich vor.

„Sie haben also Informationen über die Blutige Rose?", fragte Horst Mirow.

„Auch wenn es fast Peinlich ist, Ja", antwortete sie. „So wie auch sehr viele andere Geheimdienste. Außer dem Mossard haben wohl schon alle größeren Geheimdienste die Dienste der Blutigen Rose genutzt."

„Und welche Dienste sind das, die diese Soziopaten anbieten?", die Stimme des Polizeipräsidenten zeigte seine ganze Verachtung über Leute, die mit einer solchen Organisation zusammen arbeiteten.

„Wiederbeschaffung verlorener Dinge, Disskreditiren und das Ableben lassen von unerwünschten Personen", erklärte die Frau offen. „Franier starb auf bitten Frankreichs hin. Allerdings haben wir nur einmal in den USA erlebt, dass die blutige Rose eine Spur der Verwüstung gezogen hat. Deshalb bin ich hier. Der Bundeskanzler wünscht, dass es in Berlin nicht genauso Schlimm kommt."

„Nun frage ich mich aber, wie der BND uns bei diesen beiden Frauen helfen will", meinte Horst Mirow interessiert.

„Wir bieten unsere Unterstützung an", erklärte Ruth von Dehrstedt. „Unsere Labors und unsere Technik stehen ihnen zur Verfügung."

*

Nadja arbeitete seit einem Tag für Micha und der Zuhälter war von dem Mädchen einfach begeistert. Auch wenn sie Blutjung war, sie wusste mit den Freiern umzugehen. Dazu kam, dass sie Strohdumm war und ihm somit jeden Cent ablieferte.

Bei Nadja hatte sogar der älteste Trick im Hut gezogen. Er hatte ihr versprochen, dass sie von dem Geld schön einkaufen gehen würden.

Da dieses Mädchen auch gut für 13 durchgehen konnte, gab es genügend alte Geldsäcke die begeistert für sie zahlen würden.

Nadja gab dem alten Freier das dumme, naive und völlig unerfahrene Blondchen.
Der Mann küsste ihr zufrieden die kleinen Brüste und ließ sich von ihren kleinen Händen streicheln.
„So, meine Süße, ich muss wieder los. Wegen irgendwas ist die Sicherheitsstufe im Ministerium verschärft worden. Wenn ich nicht zu spät im Büro des Ministers sein will, dann muss ich mich sputen", erklärte er.
„Du arbeitest für einen Minister?", sie sah ihn mit großen Kulleraugen an.
„Ja, für den ganz wichtigen Kanzleramtsminister", sagte er stolz. „Ich bin sein zweiter Sekretär."
„Boh, dann bist du ja ganz Wichtig", staunte sie mit offenem Mund. Der Sekretär schmiss sich stolz in die Schwabbelbrust als er aufstand. Nadja robbte zu ihm und half ihm in die Unterwäsche. Auch bei dem Hemd und der Hose half sie ihm. So gab er ihr noch 20€ extra, als er gut gelaunt ging.
Nadja zog sich nur den Kinderslip an und sprang fröhlich zu Micha um ihm das Geld zu bringen, natürlich auch die 20 € die sie Extra bekommen hatte. Ihr selbst hatte dieser Kunde weit aus mehr eingebracht, wusste sie. Nun musste sie nur noch abwarten, aber das war in diesem versteckten Puff kein Problem.

*

Madame Sylvia hatte in dieser Stadt kein Problem sich zurecht zu finden. Sie liebte die anonyme Hektik, die hier herrschte. Genauso mochte sie die

Kanäle unter der Stadt. Schon immer hatte der Orden sie genutzt und somit kannte sie sich hier besser aus als die Stadtverwaltung. Nackt und nur die Gefängnisschuhe an den Füßen eilte sie durch die alten Katakomben.

Einige Biegungen weiter stand sie vor einer Wand in einer Sackgasse. Noch einmal in die Dunkelheit horchend öffnete sie die Geheimtür, schlüpfte hindurch und schloss die Tür wieder gewissenhaft. Erst danach drehte sie das Licht an.

Der Schalter war noch einer aus Bakelit. Diese alten Schalter waren so robust, dass sie nicht ausgetauscht wurden.

Von der altertümlichen Garderobe nahm sie sich einen seidenen Morgenmantel und wechselte die Schuhe. Als sie den Flur entlang ging sah sie das Licht im Salon.

Schmunzelnd betrat sie den Raum.

„Madame Sylvia", wurde sie von einer Frau um die 50 begrüßt. Die saß in einem altenglischen Sessel und hielt ein Glas Wein in der Hand.

„Madame Gaia", grüßte sie zurück. „Ich hoffe, es gab bei dem Transport keine Probleme."

„Nicht die Geringsten", versicherte Madame Gaia. „Du solltest duschen", fand sie aber.

„Das wollte ich auch", schon Mädchenhaft sprang Madame Sylvia aus dem Raum.

Als sie zurück kam hatte sie sich sogar geschminkt, war aber immer noch Nackt.

„Ja, so bist du wieder Hübsch", fand Madame Gaia und stand auf. Zärtlich legte sie Madame Sylvia die Hände auf den Po und küsste sie sinnlich. „Wie war deine Zeit im Gefängnis?", wollte die Jüngere wissen.

„Eher langweilig", gab Madame Sylvia zu. „Du hast sicher davon gehört dass Hebe mich zu einem Duell fordert?"

„Natürlich", lachte Madame Gaia. „Sie hat es laut genug angesagt. Das Triumvirat möchte aber keine von euch Beiden verlieren. Deshalb haben wir beschlossen, dass es ein Wettkampf wird. Ich weiß, wir hätten dich fragen sollen, aber es waren 12 von 13 anwesend."

„Kein Problem", versicherte Madame Sylvia. „Weiß Hebe es schon?"

„Abe unterrichtet sie. Dein süßes Luder hat sich in einem Bordell eingenistet", Madame Gaia lachte.

„Ja, ein kluges Kind", lobte Madame Sylvia. „Wie weit soll das Duell gehen?"

„Es werden Kreativität, Wirkung und Erfolg bewertet. Jede von euch bekommt drei Aufgaben. Das sind die letzten Aufträge, die wir für diese Dekade angenommen haben. Alle drei Sparten sind abgedeckt. Außerdem rekrutiert jede von euch ein neues Mitglied."

„Eine interessante Aufgabe", fand Madame Sylvia.

„Ich mag euch Beide, deshalb wünsche ich euch beiden Glück", sagte Madame Gaia.

„Bleibt vor dem Duell nur noch, dass ich Hebe gegenüber das Duell akzeptiere", erklärte Madame Sylvia.

„Sicher, aber erst später", schnurrte die Jüngere. Ihre Hand wandere über die vollen Brüste von Madame Sylvia.

„Sicher", antwortete die und knöpfte Madame Gaia die Bluse auf.

Als die beiden älteren Frauen das üppig eingerichtete Schafzimmer erreichten war der Weg dorthin mit den Kleidungsstücken gekennzeichnet. Über 2 Stunden liebten sie sich, bevor sie erschöpft und eng umschlungen einschliefen.

*

In der Zentrale der Berliner Polizei konnte man nur abwarten.

„Wir haben schon einige Male versucht Maulwürfe in die Organisation zu schleusen", erklärte Ruth von Dehrstedt.

„Das kann nicht gelingen", sagte Horst Mirow. „Die blutige Rose erschafft sich aus Kleinkindern."

„So ist es", nickte die BND-Mitarbeiterin. „Als nun das Mädchen gefangen wurde, hofften wir über sie hinein zu kommen. Aber wer konnte ahnen dass sie sofort wieder verschwindet? Wenigstens drei Tage hätten wir gebraucht."

„Ich glaube nicht, dass es ihnen gelungen wäre", meinte Horst Mirow skeptisch. „Die Mädchen sind auf alles geschult. Jetzt gilt es, die beiden auszuschalten."

„Wir wollen das Mädchen immer noch", widersprach Ruth von Dehrstedt. „Hier in Berlin sind Zwei, die Organisation besteht aber aus weit mehr."

„Und die Geheimdienste sehen darin ein Potenzial", erkannte der Psychologe. „Das kann aber ganz Böse nach Hinten losgehen."

„Das ist eine Angelegenheit, die das BKA nichts angeht", sagte sie scharf.

„Wie sie meinen. Nun wollen wir einmal sehen wie Madame Sylvia auf die Herausforderung reagiert", wechselte er das Thema.

Die Antwort erhielt er kurz nach dem Mittag, als sein Telefon klingelte und Madame Sylvia ihn in ihrer freundlichen Art riet doch einmal zum Flughafen Tempelhof zu fahren.
Mit einem Großaufgebot fuhr die Polizei dort hin. Systematisch wurde das gesamte Gelände abgesucht. Doch erst ein gewaltiges Feuerwerk zeigte an, worauf Madame Sylvia hinweisen wollte.
Dieses Feuerwerk ging an der Befeuerungsanlage der Landebahn los. Im Eiltempo fuhr man dort hin und war erschüttert. Auf eine er riesigen Lampen war eine nackte Frau gefesselt. Ein Beamter lief auf die Stahltreppe, noch bevor Horst Mirow ihn aufhalten konnte. Die Frau lebte noch und hing über einem Gestell, das nicht zu der Lampe gehörte. In den Schrei des Psychologen hinein löste der Polizist die Falle aus.
Aus dem Gestell heraus drehte sich eine Spindel und bohrte sich in den Schambereich der Frau. Schreiend riss sie an den Fessel ohne sich befreien zu können.
Nicht nur Horst Mirow war vor Grauen wie gelähmt.
Die Polizisten beeilten sich zwar, doch noch bevor sie die ersten Fesseln gelöst hatten, oder die Maschine zum stoppen bringen konnten, verstummte die Frau.
Trotzdem bemühte man sich die Frau so schnell wie möglich herunter zu holen.
„Wieso?", fragte Klaus Aldig mit Tränen in den

Augen, „Wieso diese Grausamkeit?"

„Um die Reaktionen hervor zu rufen, die wir zeigen", antwortete Horst Mirow. „Wut und Verzweiflung will sie schüren."

„Sie war die Direktorin des Frauenuntersuchungsgefängnis", erklärte der Polizeipräsident in der Zentrale. „Sie hatte Heute Frei genommen weil sie zum Zahnarzt musste. Dort hat die Mörderin ihr aufgelauert. Frau Dr. Zimbers ist von einer Notfallpatientin angegriffen worden, gab sie zu Protokoll."

„Aber woher wusste Madame Sylvia davon?", fragte die BND-Mitarbeiterin.

„Aus dem Gefängnis", antwortete Klaus Aldig sauer. „Die Direktorin hatte mit Wärterinnen darüber gesprochen und die hatten sich in der Gegenwart der Mörderin darüber unterhalten."

Die Agentin sah sich den Bericht durch und stutzte.

„Warum haben die Arzthelferinnen nichts gemerkt?"

„Weil auch die Betäubt waren", der Polizeipräsident tippte auf ein weiteres Blatt.

„Ich Idiot!", schimpfte Horst Mirow plötzlich mit sich selbst. „Ich Volltrottel."

Die anderen im Raum sahen ihn überrascht und fragend an.

„Sylvia! Natürlich", rief er.

„Ja und?", fragte die Agentin.

„Hebe Nyx nennt sich das Mädchen und die Madame, Sylvia."

„Schön, dass wissen wir bereits", erwiderte sie.

„Sylvia, Rhea Sylvia. Die Mutter von Romulus und Remus. Die Frau ist nicht Alleine. Sie hat zwei

Helfer", rief der Psychologe.

„Also sind noch mehr von denen hier?", fragte Klaus Aldig erschrocken.

„Mindestens zwei", Horst Mirow zeigte auf den Bericht. „Die Arzthelferinnen."

„Ich denke, das soll ein Duell zwischen Lehrer und Schüler werden", überlegte der Präsident.

„Das Duell hat aber noch nicht begonnen", erklärte Horst Mirow. „Sie hat nur gezeigt, dass sie es Akzeptiert."

„Ich will die endlich von meinen Straßen haben!", fluchte der Polizeipräsident. „Von wo hat die Frau angerufen?"

„Vom Flughafen", antwortete ein Beamter, „direkt von der Information aus."

„Das alte Weib spielt mit uns!", schrie der Polizeipräsident nun. „Ich übergebe das Kommando an die Sonderabteilung Terrorismus. Das Weib muss verschwinden."

Damit waren Klaus Aldig und Horst Mirow 'raus' aus der Sonderkommission.

„Bleib an dem Fall dran", verlangte Klaus Aldig. „Ich will wissen was los ist."

„Natürlich", nickte der Psychologe. „Ich denke, ich horche mich einmal um. Für den Rest des Tages bin ich außer Hauses."

Klaus Aldig nickte nur und ging in sein Büro.

*

Horst Mirow war nicht immer Polizeipsychologe gewesen. Seine Anfänge hatte er als Streetworker gehabt. Dort hatte er auch seine Frau kennen gelernt. Nun wollte er einmal sehen ob die alten Kontakte noch existierten.

Mit der U-Bahn fuhr er in die 'Problemzonen' der Stadt. Seit etwa 6 Jahren war er nicht mehr hier gewesen und war erschüttert. Das Gebiet war noch weiter herunter gekommen. Nein, hier kannte er niemanden mehr. Frustriert ging er in eine Kneipe, die schon offen war. Der Wirt nickte ihm brummend zu und Horst Mirow bestellte sich ein Bier.

„Schon gehört?", fragte eine alternde Hure den Wirt. „Die olle Jakobsen hat's heute erlegt."

„Die Oberschließerin von deinem zweiten Heim?", fragte er zurück.

„Genau. Irgendein Spinner hat sie noch mal richtig leuchten lassen. Die Bullen haben sie auf einer der Landelichter von Tempelhof gefunden. Heinzel war dabei. Hat sich die Seele aus dem Leib gekotzt. Den Süßen musste ich erst mal wieder aufbauen", erzählte die Hure. „Muss wohl echt übel ausgesehen haben."

„Peter, hast du meine Neue gesehen?", platzte ein Zuhälter herein. Sein Akzent war selbst für einen Ungeübten als Russisch zu identifizieren.

„Was weiß ich was du für 'ne Neue hast", lachte der Wirt.

„Na, die süße Blonde mit dem Toastbrot als Hirn", erklärte der Zuhälter. „Ist noch nass hinter den Ohren, bumst aber wie 'ne Weltmeisterin. Sieht die Nachrichten und haut ab, das Luder, der bring ich Manieren bei wenn ich sie finde."

„Feingeschnittes Gesicht?", fragte Horst Mirow „und sehr aufrechter Gang?"

41

„Du kennst sie?", fragte der Zuhälter aufgebracht.
„Ey, rück sie raus, oder ich leg dich um."

„Ich würde Herrn Kommissar Mirow nichts tun", Sagte eine Frau von etwa 50, die herein kam.

Ihr nobles Kostüm passte so gar nicht in diese Ecke der Stadt. Sie wollte an dem Zuhälter vorbei gehen, als der nach ihr griff. Doch ohne ihren Schritt zu verlangsamen hatte sie die schlagende Hand gegriffen und der große Mann lag mit der Nase auf dem schmuddeligen Boden. Sie ließ ihn los und setzte sich neben Horst Mirow an die Bar. Wie Madame Sylvia war diese Frau einfach gepflegt, stellte er fest. Jede Bewegung zeugte von gebildeter Etikette.

„Mein Name ist hier ohne Belang", stellte sie sich unüblich vor.

„Finden sie?", fragte Horst Mirow.

„Ich weiß es sogar", versicherte Madame Gaia. „Sie haben eine ganze Menge herausgefunden. Sogar, dass Madame Sylvia sich den Namen nicht Sinnlos gab."

Horst Mirow stutzte.

„Sie dürfen die Wanze gerne suchen, Chantico wird eine Neue setzen", erlaubte sie lächelnd, wurde aber sofort ernst.

Der Psychologe sah im Tresenspiegel dass der Russe wieder stand und auf die Frau los wollte. Aus der Drehung heraus schlug er ihn mit seinem Bierhumpen nieder.

„Ein guter Schlag", fand die Frau. Sie hatte nicht einmal gezuckt.

„Was würde passieren, wenn ich sie nun verhaften lassen würde?", fragte der Psychologe, das Gesicht des Wirtes übergehend.

„Das wäre keine weise Entscheidung", sagte sie. „Nicht nur, dass ich mich dem entziehen würde, es würde uns auch verärgern. Sie wissen, dass in der Stadt ein Duell stattfindet? Ich bin als Punktrichterin hier. Hier sind die Aufgaben, die die Beiden zuerst schaffen müssen."

„Ich denke, die beiden wollen sich gegenseitig umbringen?", Horst Mirow war wirklich überrascht.

„Das würde mindestens ein wirklich gutes Mädchen töten", erklärte Madame Gaia. „So, es wird Zeit für mich. Aber wir sehen uns wieder." Sie stand auf und wollte gehen. Nun zeigte sich, dass der Zuhälter nicht Ohnmächtig war. Er griff blitzschnell nach dem Bein der Frau. Doch sie ballte eine Faust und aus ihrem Ärmel schoss ein dünnes Messer. Aufschreiend griff sich der Zuhälter ans Auge, verstummte aber ebenso schnell und blieb tot liegen. Eher ungerührt ging Madame Gaia hinaus. Horst Mirow wollte ihr hinterher, doch die alternde Hure krallte sich Hysterisch in seinen Arm.

„Wer ist das?", schrie sie. „Warum hat die Micha umgelegt?"

Als sich der Psychologe endlich lösen konnte, wusste er, dass er die Frau nicht mehr finden würde. So rief er über das Kneipentelefon Klaus Aldig an.

Erst jetzt sah er sich die Leiche an. Der schmale Dolch hatte nur eine Andeutung eines Griffes, der war aber in Form einer Rose ausgebildet.

Jetzt war es eine blutige Rose, die dort in der Augenhöhle stand.

„Was war hier los?", wollte der Oberkommissar wissen, als er herein kam.

„Ein Trottel, der zwei Warnungen in den Wind schlug und eine Blutige Rose waren los", antwortete Horst Mirow.

„Die hat dem einfach ins Auge geschossen!", schrie die Hure.

„Madame Sylvia oder Hebe Nyx?", fragte Klaus Aldig.

„Weder, Noch. Die Punktrichterin", Horst Mirow zeigte auf zwei Umschläge. „Aus dem Duell wurde ein Wettbewerb."

„Verfluchte Scheiße! Ich habe noch drei Jahre bis zur vollen Pension", fluchte der Oberkommissar.

„Nicht wenn das so weiter geht. Dann sitzen wir beide bald in der Klapse", prophezeite der Psychologe. „Wie viele Leichen haben wir jetzt?"

„Acht, wenn ich mich nicht verzählt habe", antwortete Klaus Aldig, „und wie viele kommen noch dazu?"

„Vielleicht geben uns die Umschläge einen Einblick. Ach ja, die Zentrale ist verwanzt", meinte Horst Mirow. Damit konnte er seinen Vorgesetzten aber auch nicht mehr schocken.

„Darf ich fragen was das ist?", fragte der Polizeipräsident, als sie gemeinsam im Labor die Umschläge geöffnet hatten. In jedem von ihnen lag ein Bogen Papier der mit winzigen Punkten übersät war.

Die Beamtin des BND sah sich eine der Seiten unter einer großen Lupe an. „Wir sollten das den Spezialisten unseres Hauses übergeben", sagte sie.

„Das ist mit Sicherheit ein Code. Aber ich kenne ihn nicht."

„Wie verwunderlich", meinte Horst Mirow sarkastisch.

Die Frau sah ihn beleidigt an.

„Die Organisation mordet sich seit Jahrhunderten durch die Geschichte", erklärte der Psychologe. „In der Zeit dürften sie ja wohl einen eigenen Code entwickelt haben."

Die Spurensuche hatte aber erst einmal Bilder von den Seiten gemacht, bevor die Agentin mit den Originalen abrauschte.

Horst setzte sich an einen der Rechner und sah sich die beiden Bilder an. Aber er wurde daraus nicht schlau. Er vergrößerte und Verkleinerte, doch es ergab keinen Sinn. Gedankenverloren zog er sich eine Zigarette aus der Tasche.

„Das ist eine Behörde, hier ist das Rauchen untersagt", mokierte sich ein Laborant.

„Verklag mich", fauchte der Psychologe und zündete sie sich an. „Ich brauche noch einen Rechner", verlangte er.

Ein Angestellter brachte ihm einen auf einem Rollwagen und schloss ihn an. Horst Mirow schmunzelte, da neben der Tastatur ein Aschenbecher stand.

„Bleiben sie mal hier", sagte er. „Sie tippen, was ich ihnen sage, gut?"

Der Mann nickte und setzte sich an den Apparat.

Horst Mirow hatte zwar nicht geglaubt, dass die ominöse Frau die beiden Frauen ihres Ordens ans Messer liefern wollte, aber so Schwer hätte sie es ja auch nicht machen müssen.

Hebe Nyx saß ruhig in der kleinen Kammer. Die erste Aufgabe war nun wirklich nicht leicht. Das größte Problem war die gegebene Zeit gewesen. Zwei Tage. Doch sie hatte die Hauptaufgabe geschafft.

Nun war ihre Zeit. Lautlos verließ sie die Kammer. In fast absoluter Dunkelheit schlich sie durch die ehrwürdigen Gänge. Dort, der Wächter. Sie verharrte, so sah der sie nicht einmal, als er sie fast direkt anleuchtete. Sie schlich vorsichtig weiter.

Ja, da war es. Nun hatte sie genau eine viertel Stunde, plus einer Zugabe, die sie aber weder kannte noch nutzen wollte.

Mit geübten Fingern entfernte sie die Kunstglasabdeckung und lächelnd umging sie die Sicherungsdrähte. Auch das Objekt ihrer Begierde war gesichert.

„Habt ihr Angst, dass man den Flicken klaut?", dachte sie belustigt. Aber genau das tat sie, bevor sie die Sicherungen über der Kopie wieder anbrachte. Danach die Abdeckung mit deren Sicherungen.

So leise wie sie gekommen war schlich sie sich auch wieder davon

Auch die Aufgabe für Madame Sylvia war nicht leicht.

„Da will ja jemand richtig zuschlagen", dachte sie kurz.

Auch sie hatte für ihre Aufgabe zwei Tage Zeit. Doch nun hatte sie es nahezu geschafft. Sie saß mit Baronin zu Hergingen in deren Salon. Die Baronin galt als eine reiche, geizige Frau von 35. Zwei Ehemänner hatte sie unter tiefer Trauer beerdigt. Madame Sylvia wusste aber, dass zumindest bei ihrem ersten Ehemann die Zeit der glücklichen Ehe kunstvoll verkürzt worden war.

Angeregt unterhielten sich die beiden Frauen über ein Kollier, das die Baronin der Gräfin von Bergin abkaufen wollte.

Die Gräfin hatte zu diesem Gespräch auch den Wein mitgebracht, damit die Baronin einmal den vorzüglichen Roten der östlichen Toskana kosten konnte. Die Baronin war so Unterdurchschnittlich, dass es für Madame Sylvia schwer war noch Dümmer zu erscheinen. Die Baronin war nämlich dafür bekannt, stets die Informierteste im Raume zu sein.

Nach dem Glas holte die Gräfin das Objekt der Begierde heraus und präsentierte es erst auf einem schwarzen Samttuch um der Baronin dann vorzuschlagen es doch einmal anzulegen. Freudig stimmte sie zu.

„Aber nicht über diesem Pullover", fand sie aber.

„Nein, auf der glatten Haut kommt seine Brillanz viel besser zur Geltung", pflichtete die Gräfin bei. Die Baronin zierte sich nicht einmal als sie den Pullover auszog. Der BH hätte dazu aber Anlass gegeben, fand Madame Sylvia. Er war billigste Wahre aus dem Schlussverkauf. Die Gräfin lobte jedoch dieses herrliche Dekolleté das die Baronin bot. Darauf achtend die Baronin dabei zu streicheln legte sie ihr das Kollier um. Die Baronin war offensichtlich von der Gräfin angetan, so legte die ihr die filigranen Ausleger des diamantenen Schmuckstücks zurecht, wobei sie es sich nicht nehmen ließ die Fülle der Brüste zu bewundern.

„Sie haben doch selbst so einen herrlichen Vorbau", fand die Baronin, war aber von dem Lob ihres Aussehens betreffend sehr angetan.

„Ach nein", tat Madame Sylvia es ab.

„Aber sicher doch", versicherte die Baronin, der Gräfin das Jäckchen lüftend. Als die sich nicht wehrte griff die Baronin gierig zu. Madame Sylvia war zufrieden das die Baronin so schön mitspielte.

Nach nur wenigen Minuten trug die Baronin nur noch ihren Slip, Madame Sylvia Strümpfe, Hüftgürtel und die gierige Hand der Baronin zwischen ihren Beinen. Wiederum nur einige Augenblicke später lagen sie in dem riesigen Bett der Baronin. Da die derart wild liebte brauchte Madame Sylvia nicht einmal übermäßig vorsichtig sein um zu bekommen was sie von der Baronin wollte.

Etwa eine Stunde tollten sie so im Bett herum. Doch nach dem die Baronin einen sehr lauten Höhepunkt ausgekostet hatte, überraschte sie die Madame doch. Sie kam sofort auf das Geschäft zu sprechen. Um den Preis für das Kollier zu drücken deutete sie sogar an, die Gräfin mit diesem Liebesspiel bloß zu stellen. Widerwillig, aber um ihre Ehre besorgt ging die Gräfin auf das Gespräch ein, bestand aber auf Bares. Da die Gräfin ja verheiratet war und der Herr Graf vielleicht Einwände gegen den Verkauf des sündhaft teuren Schmuckes haben könnte, hielt auch die Baronin das für besser.

Am frühen Morgen lieferte Madame Sylvia ab weswegen sie bei der Baronin war.

*

In der Zentrale der Polizei wartete man noch auf einen Donnerschlag. Die Nachricht hatte nämlich auch der BND nicht entziffern können. So wusste man nicht, was für Aufträge die beiden Mörderinnen hatten.

Horst Mirow setzte sich auf eine Bank und sah in die Spree.

„So Trübsinnig?", fragte Madame Gaia ihn und setzte sich neben ihn.

„Das Duell scheint ein wenig Langweilig zu sein", antwortete er. „Oder haben auch die beiden Kontrahenten die Nachricht noch nicht entschlüsselt?"

„Oh, das haben sie", lachte die Dame. „Sie haben sie auch beide mit Bravur erledigt."

„Dürfen sie mir auch erzählen, wie viele Leichen wir finden werden?", fragte der Psychologe ärgerlich.

„Diese Aufgabe wäre gescheitert, hätte es Leichen gegeben", verriet sie. „Hier sind die nächsten Aufgaben", Madame Gaia gab ihm wieder zwei Umschläge. Doch diesmal waren sie Dicker.

„Woraus bestanden die ersten Aufgaben?", wollte Horst Mirow gerne wissen.

„Ich werde es ihnen sagen, wenn die Zeit gekommen ist", versprach sie und stand auf.

Der Psychologe schrie überrascht auf als die Frau mit einem Hechtsprung in die trübe Spree sprang. Selbst das beherrschte sie Meisterlich. Wie bei einem Turmspringer spritzte es so gut wie gar nicht.

Als sie in der Zentrale die Umschläge öffneten fanden sie in jedem von ihnen zwei Blätter. Beide waren ungewöhnlich dick, aber ansonsten makellos leer.

Das Labor des BKA machte sich sofort darüber her, bevor die Dame vom BND eintraf.

Allerdings fanden sie nichts heraus, außer dass es sich um ein wasserfestes Spezialpapier handelte.

„Und sie sagt, die Beiden haben die erste Aufgabe gelöst?", fragte die Agentin.

„Sogar mit Bravur", erklärte der Psychologe.

„Unsere Wanze versagte den Dienst, gleich nach 11 Uhr 37. Da müssten sie die Frau schon getroffen haben", erklärte sie mit einem Unterton.

„Dann ist die Frau nach ihrer Uhr um 11 Uhr 37 in die Spree gesprungen", entgegnete Horst Mirow aufgebracht.

„Wie hat sie die Wanze entdeckt?", fragte der Polizeipräsident.

„Ich nehme einmal an, in dem sie sehr vorsichtig ist", meinte der Psychologe. „Sie ist mit Sicherheit eine des Führungskreises und das nicht ohne Grund. Kann sein, dass sie es mitbekommen hat, als ich sie ihr in die Tasche gleiten ließ. Aber ich bin kein Zauberer. Jetzt gilt es heraus zu finden was die Soziopaten nun vorhaben."

„Überlassen sie das Leuten, die davon Ahnung haben", verlangte die Agentin und rauschte mit den vier leeren Blättern ab.

„Das ist eine Gute Idee", fand Horst Mirow nach kurzem Überlegen. „Ich brauche eine Verbindung in die USA."

„Und wofür?" fragte der Polizeipräsident überrascht.

„Möglichst eine Internetverbindung mit Kamera. Der Knast heißt Angola in Louisiana. Dort sitzt Jason Rupers ein."

„Das ist ja schön für Louisiana, aber was hilft das Berlin?", fragte der Polizeipräsident nach.

„Der Mann gilt als der Mensch mit dem höchsten IQ", erklärte der Psychologe. „Auf sein Konto gehen 5 nachgewiesene Morde. Nun, vielleicht kann uns ja der Hexer helfen, so wurde er genannt."

„Ich versuche es", sagte der Polizeipräsident zu. „Wir können jede Hilfe gebrauchen."

Allerdings versagte der dortige Gefängnisdirektor eine Internetverbindung. Nun waren die Verbindungen des BND gefragt. Auch wenn die ebenfalls die gewünschte Verbindung nicht bekamen, so erreichten sie, dass Horst Mirow über einen Psychologen des FBI mit dem Gefangenen reden konnte.

Über diesen Umweg war das Ganze aber fast ein gespielter Witz.

„Was genau willst du wissen, Horst", fragte John Hert am Telefon, nach dem er zum vierten Mal durch die Schleusen war. „So werden wir nie was."

Horst Mirow erzählte seinem Kollegen von den Frauen und dass die in Berlin ein tödlichen Wettbewerb ausfochten.

„Gut. Ich knöpfe mit den Hexer vor", versicherte der Amerikaner. „Du bekommst deine Antworten wenn es welche gibt."

Das Mädchen las sich die Anweisungen noch einmal durch und überlegte. Drei Tage hatte sie Zeit für den Mord. Er sollte als solcher erkennbar sein, in den Zeitungen die Titelseite einnehmen und möglichst sofort Verschwörungstheorien auslösen.

„Böse Mädchen. Immer auf die Kleinen", kicherte sie. Aber sie wurde sofort wieder Ernst.

Für diesen Auftrag hatte sie Zugriff auf die Lager des Ordens. Von ihrer Unterkunft aus ging sie leise in den alten Keller und verschwand durch die alte Bretterwand. Hier noch durch die festgerostet aussehende Tür und die Treppe hinunter. Die alten Abwasserkanäle entlang suchte sie den Weg zum Lager. Wenn man wusste wonach man suchte war das gar nicht Schwer. Als sie ankam traf sie auf Madame Sylvia.

„Hallo Engelchen", begrüßte die sie.

„Madame?", grüßte Hebe Nyx höflich zurück.

„Du hast deine Aufgabe wirklich fabelhaft erfüllt", lobte Madame Sylvia.

„Deine Aufgabe war Schwerer", erklärte das Mädchen. „ist diese eben so Schwer?"

„Sie ist nicht Leicht", gab Madame Sylvia zu. „Aber der Orden hat zugesagt und ich werde die Aufgabe lösen, so wie du Deine."

„Das werde ich", versicherte Hebe Nyx.

Beide suchten sich aus den Regalen heraus was sie glaubten zu brauchen und gingen wieder ihrer Wege. Für beide war es Schwer, sie waren mehr als Mutter und Tochter. Aber es musste zu dem Duell kommen, so waren sie erzogen worden. Der

Orden wuchs dadurch, dass die Mitglieder sich zu übertrumpfen bereit waren. Jeder gab sein Bestes.

Madame Sylvia fuhr mit dem Fahrstuhl in ihr neues Versteck. Das Penthouse gefiel ihr richtig. Allerdings hätte sie sich gewünscht, dass es von einem Mann und nicht von einer lesbischen, gelangweilten Endsechzigerin bewohnt werden würde. So musste sie der Dame zu einem ausgewachsenen Fieber verhelfen um ungestört arbeiten zu können. Nun lag die Dame im Krankenhaus.
In der Küche setzte sie ihr Werkzeug zusammen und ging wieder. Es galt einiges vorzubereiten.

Hebe Nyx hatte ihr Opfer gefunden und nun musste sie dafür sorgen dass alles stimmte. Doch das konnte nur eine Ältere und es musste eine Schwarzhaarige sein. Aber blonde Haare bedeuteten auch eine helle Haut. So brauchte sie vier Stunden um sich in Maria zu verwandeln. Danach galt es Anrufe zu tätigen und zwei Internet-Cafés zu besuchen.

Im Zweiten unterhielt sie sich angeregt und Streitsüchtig mit einem Gast. Sie freute sich riesig, als er lauthals darauf einging. Der Streit ging soweit, dass Maria hinaus geworfen wurde.
Doch, sie war zufrieden mit sich. Es lief einfach perfekt. Nur über den Agenten des Verfassungsschutzes war sie etwas verärgert. Der Mann war einfach zu Auffällig. Lernte man denn gar nichts dort, fragte sie sich.
Von ihrer kleinen heruntergekommenen Wohnung aus rief sie wieder an. Aufgeregt wurde ihr gesagt,

dass sie diesen Anschluss doch nicht mehr benutzen sollte. Sich entschuldigend legte sie auf und schmunzelte. Sicher, es war schwer gewesen diese Idioten zu finden. Doch ab da lief es doch recht Gut.

Vom gegenüberliegenden Fenster konnte man herrlichen in ihr Zimmer sehen und der Mann vom Verfassungsschutz sah sich die hübsche Brünette auch ausgiebig an.
„Dreh dich um, du Luder", verlangte er Leise. Aber als sie es tat sah er leider nur ein Kopfbild der Hübschen und das auch noch halb durch den Vorhang. Trotzdem machte er Fotos. Auch wenn das Mädchen Hübsch war, sie gehörte immerhin zu einer terroristischen Gruppe. Zumindest verdichteten sich die Anzeichen diesbezüglich.

*

Die Mechanikerin für Sicherheitstechnik wurde schon erwartet, da in der Nacht nahezu die ganze Anlage ausgefallen war.
„Was hat die 12-45-8 den für ein Problem?", fragte die Frau in dem Overall nach einer höflichen Begrüßung. Ihre Haare waren für die Arbeit zu einem Pferdeschwanz gebunden und der Kragen versuchte das dezente, aber schlüpfrige Tattoo zu verbergen. Sie zeigte ungefragt ihren Ausweis und die Hausherrin sah ihn sich genau an, da die Frau immerhin tätowiert war. Sie hatte mal gehört, dass so was auf eine Gefängnisvergangenheit hindeutete. Doch diese Tätowierung war sogar im Ausweis vermerkt. Immerhin galt diese Firma als

beste Europas und ihre Mitarbeiter als die Besten in der Sicherheitselektronik. Die Kunden sollten sich Sicher fühlen.

„Gestern Abend gab sie Daueralarm und nach dem mein Mann die Anlage neu gestartet hatte, zeigte sie an, unsere Fenster des Erdgeschosses wären nicht richtig geschlossen", erzählte die Ehefrau.

„Hm. Das sollte sie nicht tun", sagte die Technikerin schmunzelnd. „Aber der Sicherheitsdienst war sofort vor Ort?"

„Ja, der Service war Vorbildlich", lobte die Frau.

„Ich werde mir die Anlage jetzt ansehen wobei sie sicher wieder einen Fehlalarm auslöst. Aber das soll sie um die Leitung zum Wachdienst noch einmal zu überprüfen", erzählte die Technikerin.

Die Leitung zum Wachdienst funktionierte so Vorbildlich, wie die Hausfrau sagte. Doch die Anlage selbst versagte ihren Dienst. So wechselte die Technikerin drei Komponenten aus und überprüfte sie.

„Hier ist der Schlingel", erklärte sie der Frau. „Sehen sie, hier ist eine kalte Lötstelle und die hat sich nun gänzlich gelöst. Wir werden den Hersteller selbstverständlich darauf hinweisen und andere Anlagen dieses Typs überprüfen. Nun nur noch das neue Bauteil eingesetzt und sie leben wieder sicherer als im weißen Haus."

Die Dame des Hauses war mächtig begeistert und bot der Technikerin noch einen Kaffee an.

„Aber nur, weil ich noch schnell die Unterlagen ausfüllen muss", sagte die Technikerin lächelnd.

Madame Sylvia war mit ihrer Arbeit sehr zufrieden.

Die Anlage am Abend zu sabotieren war um einiges schwerer gewesen. Dieses Modell war wirklich mächtig Sicher.

Nun fuhr sie zu Jasmin Franke um ihr ihren Wagen wieder zu bringen. Immerhin war sie die Technikerin und brauchte den Wagen für ihre Arbeit.

„Hier die vereinbarten 50000", sagte Madame Sylvia der Technikerin das Geld gebend.

„Vielen Dank. Und ich bekomme bestimmt keinen Ärger?", fragte sie nervös.

„Bestimmt nicht", versicherte Madame Sylvia. „Das gibt nur ein kleines Feuer und eine große Versicherungssumme."

So war auch die Technikerin zufrieden. Sie sah ihrer Doppelgängerin noch hinterher als die sich eine Maske von hinten nach vorne über den Kopf zog. Sie erkannte den Hausherrn sofort an seiner Glatze. Auch die Stimme war für eine Frau viel zu Tief gewesen, überlegte sie nun. Aber das sollte sie nicht stören. Sie sah sich die Unterlagen an. Ja, die waren korrekt ausgefüllt und somit war alles in Ordnung. Mit den 50000 konnte sie den Urlaub machen und sich ein neues Auto kaufen, freute sie sich.

*

Beim BKA gingen am folgenden Tag zwei Meldungen ein. Ein italienischer Politiker aus Palermo war erschossen worden und in einer Villa im Nobelviertel gab es eine Explosion, der die Ehefrau eines bekannten Industriellen zum Opfer gefallen war.

Horst Mirow dachte sofort an die beiden Mörderinnen. Auch Klaus Aldig schoss der Gedanke durch den Kopf und gemeinsam fuhren sie zuerst zum Tatort in der Innenstadt.

Der Italiener war auf offener Straße erschossen worden, gerade als er von einer Besprechung mit einem Beamten des SEK-Berlin kam. Die Spurensuche hatte ihre Arbeit schon aufgenommen als sie ankamen.

„Drei Schuss", erklärte einer von den Beamten. „Eine Kugel traf Müller vom SEK in den Fuß, eine traf diese arme Dame", er zeigte auf eine Schaufensterpuppe, die an der Straße stand und wohl entsorgt werden sollte. „Die Dritte den Politiker genau zwischen die Ohren. Hat wohl noch mal hoch gesehen. Dabei war hier genug hinter dem er sich verstecken konnte. Geschossen wurde von da Oben." Er zeigte auf das gegenüber liegende Haus.

„Eine Schwarzhaarige", berichtete ein Streifenpolizist. „Lud umständlich nach, wie Passanten sagten. Wir haben die Waffe."

„Ich will die Fingerabdrücke sofort auf meinem Tisch haben", verlangte der Oberkommissar.

„Wenn es welche gibt", gab Horst Mirow zu bedenken.

„Hm", Klaus Aldig sah sich den Schauplatz noch einmal an. „Viel dilettantischer ging es ja wohl nicht. Sicher, sie hat ihr Ziel erreicht. Aber glaubst du, dass das ein Profi war?"

„Eigentlich auch nicht", gab der Psychologe zu.

Gemeinsam fuhren sie zum zweiten Ort.

Die Frau war in der Küche gestorben.

„Auf den ersten Blick sieht es aus als hätte der

Kontakt der Sicherheitsanlage Überspannung bekommen und dann die Campinggasflasche hier mitgenommen", sagte der zuständige Einsatzleiter. „Wir haben die Anlage schon überprüft, da steckt wirklich ein defektes Bauteil drin und der Kontakt hier ist verschmort. Aber da stimmt einiges nicht. Da hat wohl jemand gemeint, wir glauben, die Reste der Gasflasche wären vom Fensterbrett gefallen. Aber die Druckwelle kann nicht vom Fenster gekommen sein. Außerdem haben wir Überreste eines billigen Zünders gefunden.

Ich will nichts behaupten, ohne Beweise zu haben, aber ich glaube das war eine Scheidung ohne Anwalt."

„Überprüft einfach alles. Wo ist der Hausherr?", fragte Klaus Aldig.

„Heute Morgen nach München geflogen", das Gesicht des Einsatzleiter zeigte, dass er nicht an einen Zufall glaubte.

„Beides viel zu dilettantisch ausgeführt, als dass das unsere Todesengel waren", meinte Horst Mirow im Wagen. „Langsam hab ich das Gefühl, die wollen uns nur Nervlich fertig machen. Der Hexer meint aber, der Orden wird noch einmal zuschlagen und dann für eine Zeit verschwinden.

Jedes mal wenn sie in Erscheinung treten, verschwinden sie danach in der Versenkung. Er glaubt, dass sie dann ihre Schäfchen im Trocknen haben."

„Hm, mal sehen ob die Dritte sich noch einmal meldet. Hast du heute schon die Zeitung gelesen?", fragte Klaus Aldig.

„Nein, warum?"

„Baronin -stinkt vor Geiz- von Hergingen hat sich voll in die Nesseln gesetzt."

„Wie dass denn?", lachte der Psychologe. Jeder in Berlin kannte die geizige Baronin.

„Vor einiger Zeit gab es doch mal das Gerücht, dass jemand den Kindern im Waldkindergarten nachstelle. Nun, die Baronin hat dort ein kleines Haus und das ist gestern durchsucht worden. Frau Baronin hat dort eine Auswahl exklusiver Dildos. Wie es aussieht hat die sich aber eher für die Erzieherinnen interessiert. Dort wurden nämlich auch Bilder der Frauen gefunden. –Auf Pornobildern aufgeklebte Fotos deren Gesichter. Was es nicht alles gibt? Spannende Lesben.", lachend fuhr er los. Auch Horst Mirow lachte. Sicher, die Baronin würde Ärger bekommen. Aber das gehörte zur lustigen Seite des Jobs. Immerhin ging es nicht um die Kinder und die Erzieherinnen würden sich von dem Schock schon erholen.

Schon am nächsten Tag stand der Mord an dem Italiener groß in der Zeitung. Man hatte die Schwarzhaarige gefasst. Sie gehörte nach Erkenntnissen des Verfassungsschutzes der Gruppe an, die die städtische Regierung von Palermo unterstützte und die war wohl stark von der Camorra unterwandert. Der Getötete hatte für den Stadtrat kandidiert und wollte mit dem Filz aufräumen.

„Da war er wohl zu forsch vorgegangen", überlegte der Polizeipräsident in der Zentrale mit der Zeitung wedeln. „Somit hat nicht nur Berlin ein Problem."

Das die Frau des Industriellen wohl tatsächlich von ihrem Mann getötet wurde füllte einen Tag später die Gazetten. Die Technikerin war weich geworden und hatte geplaudert. Sie versicherte, dass sie wirklich von einem Versicherungsbetrug ausgegangen war und erst aus der Zeitung vom Tod der Frau gehört hatte.

„Zwei Fälle in Sack und Tüten", freute sich Klaus Aldig. „Jetzt bleibt nur noch die beiden Mörderinnen zu fassen."

*

Horst Mirow telefonierte immer wieder mit seinem Kollegen aus Louisiana. Doch der Hexer meinte er habe der heimischen Polizei schon genug geholfen in dem er sich hatte fangen lassen.

Frustriert ging der Psychologe am Abend mit seiner Frau aus. Was die Mörderinnen betraf rutschten ihm alle Fäden aus der Hand. Er fand einfach keinen Punkt wo er anfassen konnte. Da er auch zu Hause nur am Grübeln war hatte seine Frau ihn kurzer Hand mit aus dem Haus gezogen.

Da das Wetter sehr gut war und man nicht wusste, ob es vor dem Sommer noch einmal umschlagen würde setzten sie sich in einen Biergarten, der an diesem Abend Livemusik hatte. Horst Mirows Laune besserte sich auch, was seine Frau mit Freude sah.

„Ja, die Band ist wirklich Gut", stellte plötzlich eine Frau fest, die sich zu ihnen an den Tisch setzte.

Horst Mirow musste zweimal hinsehen um die sie

erkennen.

„Der Abend fing eigentlich sehr Gut an", sagte er. Seine Laune sank wieder. „Außerdem weiß ich immer noch nicht ihren Namen und kann sie deshalb auch schlecht begrüßen."

Sie schien zu überlegen. „Nennen sie mich doch für heute Abend Baronin zu Hergingen, oder Marion Jürgensen. Drache Phönix klingt schlecht, meinen sie nicht auch?"

Frau Mirow sah ihren Mann verwirrt an.

„Wie wäre es mit Madame Frigga?", schlug er vor. „Madame Amaterasu wäre auch passend."

„Schon, aber die Namen sind vergeben", erklärte sie schmunzelnd. „Gut, nennen sie mich Madame Gaia."

„Auch passend", nickte er. „Also hat ihr Orden mit dem Tod von Frau Jürgens zu tun?"

„Das würde ich doch nie behaupten", antwortete sie fast entrüstet. „Aber ich muss sagen, ich bin etwas enttäuscht von ihnen. Sie haben nicht eine Botschaft entziffern können und damit den Wettbewerb fast langweilig werden lassen."

„Nun, wir nehmen an, dass die Briefe keine Nachrichten enthielten. Sie waren nur da um uns in Atem zu halten.", erwiderte er.

„Das ist Falsch", sie wurde ernst. „Die Briefe enthielten, wenn auch verschlüsselt, die Aufträge. Hier sind Abschriften davon." Sie gab ihm vier Umschlage.

Horst Mirow nahm sie und legte sie zur Seite. Seine Frau öffnete die Umschläge aber und sah sie sich interessiert an. „Mein Mann hat mir von ihnen und ihrer Organisation erzählt", sagte sie dabei. „Namen aus der Mythologie, nur Mädchen und Frauen und eine Ausbildung, die schon in der Wiege beginnt. Würden sie als Ärzte und Lehrer durch die Welt ziehen, dann würde ich sie bewundern. Aber sie sind Mörder. Fraglos Gut auf ihrem Gebiet, aber doch Mörder."

„Wir *sind* Ärzte und Lehrer", sagte Madame Gaia. „Wir sind Architekten, Physiker, Chemiker und sonst noch so einiges. Aber wir sind auch ein Dienstleistungsunternehmen. Womit wir bei dem Punkt wären, warum ich hier bin. Uns liegt noch eine offene Rechnung auf dem Tisch?"

„Es gibt jemanden, der ihre Dienste in Anspruch genommen hat und nicht zahlen will?", fragte Horst Mirow überrascht.

„Leider", sagte sie gekränkt. „Und sehen sie: Von uns verlangt man saubere und diskrete Arbeit. Da ist es doch nicht zu viel verlangt wenn unsere Gebühren auch beglichen werden."

„Und wer war so unfreundlich die Gebühren nicht zu bezahlen?", fragte Frau Mirow. „Und wer ist dafür über die Klinge gesprungen?"

„Frage 1: Ihre Regierung. Frage 2: Niemand. Wir haben auch andere Angebote in unserem Katalog. Ihre Regierung hat nun 48 Stunden Zeit uns zu bezahlen, denn sonst wird der Wettbewerb beendet. Hebe Nyx hat schon ihre herausragende Qualität bewiesen und Madame Sylvia zieht sich gänzlich ins Lehramt zurück. Doch sollte ihre Regierung nicht zahlen ändert das Triumvirat beider Namen in Pandora. Sie sollen sich an Kenia erinnern. Einen schönen Abend noch." Die Frau stand auf und verschwand in einem grellen Lichtblitz, der auch die andern Besucher des Lokales aufschreckte.

Als die Gäste wieder etwas sehen konnten, war die Frau verschwunden.

„Das war eben eine Drohung, nicht war?", fragte Frau Mirow.

„Nein, eine Ankündigung", erklärte ihr Mann ihr. „Diese Frauen haben es nicht nötig zu drohen. Komm, der Himmel brennt, denn die Götter sind wütend."

„Was war denn in Kenia?", fragte Frau Mirow im Wagen.

„Ich glaube, ich weiß was sie meint. Weißt du noch? Die Deutsch-Amerikanische Schule, die von Terroristen als Geiseln genommen wurde. Noch immer weiß niemand wie das Außenministerium es geschafft hatte die Kinder unbeschadet heraus zu holen."

„Du meinst das war die blutige Rose?", sie sah ihn erstaunt an.

„Wiederbeschaffung ist eine ihrer Tätigkeiten. Und wenn sie es waren, dann sind sie fast zu Recht sauer", erklärte er.

Sie fuhren in die Einsatzzentrale wo Ruth von Dehrstedt gerade einen Vortrag hielt, wie die Suche effektiver gehandhabt werden konnte.

„Das können sie alles vergessen, wenn die Regierung nicht binnen 48 Stunden bezahlt. Der BND wusste, dass die Befreiung der Kinder in Kenia nicht bezahlt worden ist, nicht Wahr?", rief Horst Mirow dazwischen.

„Was soll das, Herr Mirow?", fragte sie verärgert.

„Madame Gaia hat uns aufgesucht und erklärt:

wenn die Regierung nicht binnen 48 Stunden bezahlt wird der Wettbewerb als Beendet erklärt und die Namen der Kontrahenten geändert. In Pandora. Ich denke, die Büchse steht schon bereit."

„Die Regierung macht Geschäfte mit solchen Mördern?", wollte der stellvertretende Polizeipräsident wissen.

„So ist es", nickte der Psychologe. „Aber wenn man schon solche Leute ins Boot holt, sollte man sie auch bezahlen."

„Es gab also eine direkte Drohung?", fragte der Leiter der Kommission.

„Wie ich meiner Frau schon sagte: eine Ankündigung. Das die Frauen gut sind haben sie bewiesen. Gehen sie die Fälle Baronin zu Hergingen und Marion Jürgens noch einmal durch. Wie es scheint sind beides Aufgaben der Blutigen Rose gewesen. Außerdem würde
ich mir den Drachen-Phönix-Teppich im islamischen Flügel des Pergamon-Museums einmal ansehen."

„Die beiden Fälle, die sie ansprachen, sind geprüft worden", erklärte die BND-Agentin hochnäsig. „Herr Jürgens wollte wohl die Scheidungskosten sparen und die Baronin ist definitiv Lesbisch. Was den Teppich betrifft, was sollten die Weiber damit wollen?"

„Da er so herrlich gesichert und Einzigartig ist? Klauen?", schlug eine Polizistin vor.

„Wie kam man eigentlich auf die Baronin als Spannerin?"

„Ein Hinweis, ihr Haus betreffend", antwortete jemand. „Die Baronin ist nicht sehr beliebt."

„Wie dem auch sei. Ich würde vorschlagen, die

Warnung weiterzugeben", meinte Horst Mirow.

Der Berliner Polizeipräsident ließ den Alt-Islamischen Teppich am nächsten Tag überprüfen.
Der Kurator des Museums schlich nervös um die Experten herum, die den Teppich vorsichtig aus seinem Glaskasten holen wollten.
„Die Vorsicht können wir uns sparen", sagte einer der Restauratoren plötzlich. Er bog den Teppich an einer Ecke und zeigte, dass er nur oberflächlich eingefärbt war.
„Die Kopie hält nicht einmal dem ersten Auge stand", sagte er fast beleidigt über soviel Stümperei.
„Das sollte er auch nicht, glaube ich", sagte Horst Mirow überlegend. „Der Diebstahl sollte nur so lange unentdeckt bleiben, bis das Original beim Kunden ist. Das ist so stümperhaft gemacht, dass es schon wieder Gut ist."
„Das ist eine Katastrophe!", schrie der Kurator. „Der Teppich ist Einzigartig. Das ist ein Skandal."
Horst Mirow überging ihn und sah sich den Teppich an.
„Das war ein Meister, der das Original gestohlen hat", staunte der Einbruchsspezialist. Er sah sich die Sicherungen an.
„Etwa 13 – 15 Jahre alt und Wunderschön", beschrieb Horst Mirow die Täterin. „Das hier war Hebe Nyx, wie sie sich nennt."
„Hebe und Nyx? Die schöne Mundschenkin und die Nacht?" Fragte einer der Museumsangestellten, von denen einige hier waren. „Wer ist denn so

65

durchgeknallt sich so zu nennen?"

„Ein Mädchen, das beide Namen wohl auch verdient hat", sagte der Psychologe. Er zeigte auf ein blondes Haar, das durch einen Teppichknoten gezogen war. „Der Diebstahl sollte herauskommen. Sehen sie." Klein aber kaum zu übersehen war eine arabische Danksagung in eine Ecke geschrieben. Horst Mirow konnte sie zwar nicht lesen, aber sie war mit Sicherheit neueren Datums.

„Aber warum?", der Kurator war am Boden zerstört. „Wer tut meinem Museum so was an?"

„Wer den Teppich jetzt hat, weiß ich nicht. aber wer ihn gestohlen hat. Die Blutige Rose." sagte der Psychologe. „Doch, Madame Gaia hat Recht. Das Mädchen ist Gut."

„Na, Zeus kommt in dem Fall aber nicht vor, oder?", fragte der Einbruchsspezialist.

„Nein, die Organisation besteht nur aus Frauen", antwortete Horst Mirow trocken, sich aber etwas wundernd das die mythischen Namen von so vielen erkannt wurden. Er selbst hatte die Mythologien als Student erkundet.

„Die Einbrecherin würde ich gerne kennen lernen", staunte der Spezialist. Noch immer sah er sich den Kasten an, in dem der Teppich gehangen hatte. „Die hat wirklich keine Spuren hinterlassen. Die ist verdammt Gut."

„Sie wollen sie wirklich kennen lernen?", fragte Horst Mirow schmunzelnd. „Sie hat einem Heimleiter drei Finger so kunstvoll gebrochen, dass er an einem schleichenden Nervenschock gestorben wäre wenn er nicht behandelt worden wäre. Etwas später hat sie eine Polizistin über zwei

Stunden gequält und dann getötet. Tja, jetzt dieser meisterliche Einbruch."

„Und erst 13?", fragte der Polizist. „Mit 20 schlägt sie Hannibal Lecter."

„Das tut sie jetzt schon. Allerdings glaube ich nicht, dass sie Kannibale ist."

„Nettes Früchtchen", fand er.

„Sie wurde von der Wiege aus dazu erzogen. Regungen wie Mitleid kennt sie nicht. – Ihre Intelligenz und ihr Können sind Phänomenal und das gepaart mit völliger Unmoral", erklärte Horst Mirow ihm.

„Klingt als würden sie das Mädchen bewundern", fand der Polizist.

„In gewisser Weise bewundere ich die Organisation, die sie dazu gemacht hat", gab er zu. „Dazu gehört eine pädagogische Ausbildung allererster Güte."

*

Horst Mirow und auch Klaus Aldig warteten gespannt darauf zu erfahren ob die Regierung bezahlte. Das 'Geschäft' mit der Blutigen Rose hatte noch die alte Regierung gemacht und die Jetzige hatte schon einige Male erklärt, nie mit Verbrechern zu verhandeln.

Als der Innenminister eine Kommission aus BKA, BND und Verfassungsschutz bildete wussten die Beiden dass die Regierung nicht vor hatte zu bezahlen.

„Ich habe läuten gehört, dass auch der CIA Leute in der Kommission hat", erzählte der Oberkommissar.

„Es waren auch amerikanische Kinder in der Schule", überlegte Horst Mirow und sah auf die Uhr. „Hm, vielleicht besinnen sie sich noch. Noch haben sie 6 Stunden."

„Wenn nicht, geht hier ein Totentanz los", prophezeite Klaus Aldig. „Wir haben noch nicht die geringste Spur der Killerinnen. Wir wissen nur wo sich das Mädchen kurzzeitig aufgehalten hatte. Eben in dem Bordell des toten Russen. Ach ja. Wie es ausschaut kennt man die Blutige Rose auch in den Kreisen. Sein Bruder hat verboten, die Mörderin zu suchen."

„Ein Zuhälter der Angst vor Frauen hat. Auch mal was Neues", lachte der Psychologe auf.

„Nicht nur er. Es sieht aus, als würde der ganze Sumpf den Atem anhalten. Unsere Informanten meinen, die Zuhälter und Dealer haben ihre Streitigkeiten auf Eis gelegt. Wir überprüfen auch gerade ob sie mit der Blutigen Rose zusammen arbeiten. Irgendwo müssen die ja unterkommen."

„Zu Unsicher", glaubte Horst Mirow. „Die Frauen verlassen sich nicht auf normale Verbrecher. Aber trotzdem sollte man sie im Auge behalten. Man kann nie wissen. Die haben uns mehr als einmal überrascht. Auch wenn jetzt die Sesselpupser übernehmen, wir sollten die Augen aufhalten."

„Werden wir", versicherte der Oberkommissar. „Ich will die Mörderinnen von Marion haben."

*

Bundeskanzler Martin Hersch saß mit dem Innenminister und den Präsidenten der

Geheimdienste im Besprechungsraum.

„Was haben wir über die Organisation?", fragte er angespannt.

„Seinerzeit boten sie uns ihre Dienste an, nachdem eine Befreiungsaktion durch den CIA in die Binsen ging. Dabei verwiesen sie auf ihre Hilfe, die sie Frankreich einmal gaben. Seiner Zeit hatten sie 15 Nonnen aus Indochina geholt. Wir überprüften die Angaben und sagten nach einer Besprechung zu. Frankreich war von der Effizienz dieser Organisation begeistert. Die Nonnen saßen in einem Lager der Vietcong. Als die Nonnen befreit waren lebte von den dortigen Offizieren keiner mehr.

CIA und wir griffen also zu. Wäre die Aktion gescheitert hatten Deutschland und die USA außen vor gestanden. Wir hatten seiner Zeit genug Probleme in Nahost und auch mit Kenia.

Zwei Tage später waren die Kinder befreit und auf einem Frachter auf der Fahrt nach Hause. Laut der Kinder und der Lehrer kam damals nicht einer der Entführer ums Leben. Es wurde aber auch keiner gefangen genommen, wie wir erhofft hatten. Die Blutige Rose hatte sie in die Wälder verschwinden lassen", berichtete Frank Müller vom BND.

„Wir verlangten die Herausgabe von Informationen, erhielten aber keine Antwort", erklärte der CIA-Kontaktmann.

„Worauf die Zahlung verweigert wurde, nehme ich an", schlussfolgerte der Innenminister. Das Nicken der beiden Agenten bewies es ihm.

„Wie Gefährlich sind die Frauen nun für die innere Sicherheit der Bundesrepublik?", wollte er wissen.

„Wie es scheint haben sie ja schon in Deutschland gemordet. War das eine Reaktion auf die verweigerte Zahlung?"

„Wir glauben nicht", erklärte der Präsident des Verfassungsschutzes. „Es sieht so aus, als hätten sie Aufträge abgearbeitet. Vorläufig dürfte die eigentliche Organisationsstruktur auch in Unordnung geraten sein, da wir ihre Zentrale vernichtet haben. Außerdem haben wir sehr genaue Beschreibungen der drei Frauen, die in Berlin sind. Das BKA hat eine Belohnung auf die Ergreifung ausgesetzt und somit haben sie keine vernünftigen Rückzugsmöglichkeiten, von denen aus sie operieren können. Das Mädchen hatte wohl einige Tage Zuflucht in einem Bordell gesucht, diese Tarnung aber unbedacht aufgegeben. Wir sind uns Sicher, die Drei in Kürze zu haben. Ihnen fehlen, wie ich sagte, die elementaren Möglichkeiten."

„So sehen wir es auch", stimmte der CIA-Mann zu. „Außerdem wollen wir mehr über die Organisation erfahren und sie deshalb möglichst Lebend in die Hände bekommen."

„Wie lange existiert diese Organisation denn schon in Deutschland?", fragte der Kanzler neugierig.

„Wir wissen es noch nicht genau. Den Leichenfunden nach aber seit über 150 Jahren. Die Führung gibt sich Namen aus der Mythologie, die einem 'Madame' angehängt sind, weswegen wir annehmen, sie kommen ursprünglich aus Frankreich. Tätig geworden sind sie aber schon auf der ganzen Welt", antwortete der BND-Präsident.

„Und dann nehmen sie an, deren Struktur wäre vernichtet?", fragte der Kanzler ungläubig. „Sicher, sie haben ihre Zentrale in der Burg verloren", er tippte auf einen Bericht, „Aber die war leer wie der Kühlschrank in meiner Studentenzeit. Was vermutet der Computer denn, wo sie zuschlagen wollen?"

„Vermutlich bei den Geheimdiensten. Sie wollen zeigen, dass sie nicht aufgehalten werden können. Diese Selbstüberschätzung wird ihnen das Genick brechen", versicherte der BND-Präsident.

„Hoffen wir es. Sehen sie zu, dass die Furien schnell hinter Schloss und Riegel sind", verlangte der Kanzler. „Nächstes Jahr stehen einige Wahlen an und da können wir keine mordenden Weiber in Berlin gebrauchen."

*

Tief unter Berlin saßen Madame Sylvia, Madame Gaia und Hebe Nyx im gemütlichen Salon zusammen, als eine kleine Lampe anzeigte, dass der Eingang betreten wurde.

Das Mädchen stand auf und begrüßte die Neuankömmlinge mit der Höflichkeit die Mitgliedern des Triumvirat zustanden.

„Deine Leistungen wurden von uns allen mit großer Freude gesehen", lobte die Älteste der Frauen. Trotz ihrer 80 Jahre war Madame Frigga eine stattliche Frau. Ihre weißen Haare trug sie stolz zu einem festen Zopf gebunden. Selbst der Stock, auf den sie sich stützte tat ihrer Würde keinen Abbruch.

„Die Leistung einer guten Mutter und wunderbarer Lehrerinnen", sagte das Mädchen lächelnd.

„So ist es", nickte die alte Frau. „Doch nun wirst auch du eine Lehrerin werden. Welchen Namen wirst du führen?"

„Nyx ist schon lange nicht mehr geführt worden, Madame Frigga", sagte das Mädchen.

„Dann folge uns, Tutorin Nyx", sagte die Madame und ging in den Salon wo sich nun die Mitglieder des Triumvirat herzlich begrüßten.

Die frischernannte Tutorin ging leise in den Nebenraum und kam mit einem Arm voll Umhänge wieder. Höflich und geübt half sie Madame Frigga aus den

Straßenkleidern und ihr dann in den dünnen Umhang. Sicher, auch sie war nur eine Madame unter den 13, aber ihr Alter und ihre Erfahrung gebot es ihr zu helfen.

Erst nach dem das Mädchen die Kleidung hinaus gebracht hatte setzte auch sie sich. Allerdings schräg hinter Madame Sylvia.

„Der Lohn bleibt uns verwehrt?", fragte Madame Frigga in die Runde.

„So ist es", bestätigte Madame Gaia. „Deshalb wurde das Turnier beendet, Hebe Nyx erhielt Zugang zu dieser Villa und wir riefen die Zusammenkunft ein."

Die Damen nickten alle zustimmend.

„Zwei Fürsten versagen uns den Sold", erklärte Madame Sylvia. „Wie verfahren wir? Es geht um viel Geld."

„Reden wir darüber", verlangte Madame Frigga. „Tutorin Nyx, wärst du so lieb und kochst uns starken Kaffee?"

„Sicher, Madame", damit sah sie in die Runde und ging.

„Da möchte man noch einmal Jung sein", Madame

Frigga sah dem jungen Mädchen hinterher. „Es muss eine Wohltat sein, sich von diesen zierlichen Fingern liebkosen zu lassen. So wie einst von dir, Sylvia."

„Madame Frigga ist immer noch Lüstern", stellte eine Japanerin schmunzelnd fest, das allerdings auf Deutsch.

„Aber Natürlich", entrüstete sich die Alte, „ich bin ja noch nicht Tot."

Die Besprechung der Madames dauerte einige Stunden in denen aber auch viel gelacht wurde, denn im Prinzip war jeder von ihnen klar, was zu geschehen hatte.

Der Orden der Blutigen Rosen war deshalb so erfolgreich weil er streng zu sich und seinen Auftraggebern war.

„Wann beginnt die Strafaktion?", stellte Madame Frigga die letzte Frage.

Auch hier war man sich schnell einig.

„Also ist es so", sagte Madame Frigga abschließend. „Tutorin Nyx wird die erste Rose setzen."

„Es ist mir eine Ehre und eine wohlige Pflicht", erklärte das Mädchen erfreut.

*

Auch wenn die Geheimdienste alle ihre Kontakte bemühten, die blutigen Rosen blieben aber unsichtbar. Auch das BKA bekam keine Informationen. Was Horst Mirow Angst machte, denn auch Madame Gaia meldete sich nicht mehr.

„Was glaubst du?", fragte Klaus Aldig ihn. „Wie schlagen sie los und wo?"

„Das wissen wohl zu Zeit nur Gott und die Madames – Da ich nicht an Gott glaube? Nur die Madams", antwortete er. „Ich denke, es geht ihnen auch um Geld. Immerhin ist das ihr Hauptanliegen. Sie werden deshalb wohl nicht zuerst ihr Hauptziel angreifen."

„Und das wäre?", fragte der Oberkommissar.

„Der Auftraggeber. Hierbei dürfte es sich wohl um den Präsidenten des BND handeln", sagte Horst Mirow.

Nyx lag auf der Lauer. Sie hatte die unglaubliche Ehre erhalten, den Krieg zu eröffnen und sie war damit die jüngste je ernannte Heroldin. Doch sie ließ sich von dieser Ehre und dem Hochgefühl, das sie noch in der Villa hatte, nicht einlullen. Sie musste Wachsam sein. Berlin hatte alle Sicherheitskriterien erhöht. Doch sie hatte einen Weg im Auge.

Als sie nun den BMW sah ging sie in Position. Leicht angetrunken kam sie aus der Disco und blieb, sich umsehend, an der Straße stehen.

So sah sie zumindest der Fahrer des BMW. Er wurde langsamer. Das Mädchen suchte verzweifelt in den engen Taschen ihrer noch engeren Hose.

Ja, kein Geld mehr, dachte der Fahrer schmunzelnd. Genauso mochte er die jungen Dinger. Zu Hause abgehauen und in Berlin ohne Geld gestrandet. Dieses Mädchen hatte bis in der Disco noch welches gehabt, erkannte er mit Kennerblick.

Er hielt so, dass sie ihn sehen konnte. Jetzt kam es

darauf an, wie verzweifelt sie war.

Er zündete sich eine Zigarette an und sie sah zu ihm. Die sieht ja richtig Schnuckelig aus, dachte er. Und sie kam zu ihm.

„Haben sie vielleicht eine Zigarette für mich?", fragte sie mit tiefstem sächsischen Akzent.

„Aber sicher doch", er reichte ihr die Packung und sie nahm sich eine heraus. Als er ihr Feuer gab streichelte er ihr die Hand. „Die Nacht wird aber kalt", prophezeite er. „Meine Tochter ist übers Wochenende weg, da kannst du gerne ihr Zimmer nutzen."

„Wirklich?", fragte sie mit unsicherem aber hoffnungsvollem Blick.

„Natürlich", meinte er väterlich. „Steig ein." Ja, seine Väterliche Art half ihm doch die eine oder andere Ausreißerin zu sich in den Wagen zu locken. Die mochte er lieber als die Drogenabhängigen Teenager-Huren.

Das Mädchen kam um den Wagen und setzte sich herein. In dem Licht des Wagens sah sie noch Jünger und Hübscher aus. Eine niedliche Rothaarige, ja so eine hatte er schon lange nicht mehr.

Er fuhr los als sie sich anschnallte.

„Wirklich, ich will wirklich keine Umstände machen", versicherte das Mädchen.

„Das sind keine Umstände", erklärte er und tätschelte ihr das Knie. Elend, dachte er belustigt, die kommt ja aus der tiefsten Provinz. Er fuhr nun zu dem kleinen Häuschen, dass er sich für sich und seine Mädchen gönnte.

Von der Garage aus ging es ins Haus.

„Was meinst du, du badest und ich mache etwas zu essen?", fragte er im Flur. Das Mädchen hatte ein Bad bitter nötig und sie nickte.

„Wie heißt du denn?", fragte er auf dem Weg ins Badezimmer.

„Juliane", antwortete sie schüchtern.

„Ich bin Hubert Faldin", stellte er sich vor. Er zeigte ihr wie sie Wasser in die Wanne lassen konnte und ging dann in die Küche wo er eine Pizza Heiß machte. Mit Der und einer Flasche lieblichen Wein ging er ins Bad.

Juliane zog sich ängstlich unter den Schaum zurück als er hinein kam.

„Ich dachte, wir essen hier, sonst wird die Pizza kalt", schlug er vor.

„Aber ich bin Nackig", sagte sie mit Kulleraugen und den Händen vor der Brust.

„Sicher, du sitzt auch in der Badewanne", erklärte er lächelnd. „Ich habe auch eine Tochter und so weiß ich wie Frauen Nackig aussehen"

Das Mädchen entspannte sich nun wie zu Hause.

Einfach süß Blöd, dachte Hubert Faldin zufrieden. Er schenkte zwei Gläser Wein ein, nach dem er das Tablett auf einen Stuhl gestellt hatte. Aber so musste Juliane sich etwas strecken um heran zu kommen.

„Das ist gemein", fand sie kichernd, als sie sah dass er sie genau betrachtete. Aber sie nahm das Glas aus seiner Hand, während sie mit der anderen das Stück Pizza hielt.

„Siehst du, mit etwas im Magen sieht die Welt schon viel besser aus", meinte Faldin und sie nickte glücklich.

Hubert Faldin wusste dass er nicht zu Forsch vorgehen durfte. So ließ er sie noch ein Glas Wein trinken bevor er anbot ihr den Rücken zu waschen. Das Mädchen nahm an.

Während er sie wusch wurde auch er nass und sie alberten herum.

„Jetzt muss ich mich auch umziehen", lachte er und zeigte ihr seine nassen Sachen.

Sie sah ihn mit großen Kulleraugen zu wie er sich auszog.

„Jetzt kann ich auch mit Baden", fand er und stieg zu ihr in die Wanne.

Selbst als sie aus der Wanne stiegen alberten sie noch herum. Das Mädchen vertrug einfach keinen Alkohol, freute er sich.

Allerdings änderte sich das Verhalten des Mädchens radikal als sie im Bett lagen. Hubert Faldin spürte einen Stich in der Leiste und sah sie überrascht an.

„Aber mein Liebling", schnurrte sie weit Fraulicher. „Wer wird denn das Liebesspiel unterbrechen?" Sie beugte sich herunter und küsste ihn fest. Hubert Faldin wurde es leicht und er umarmte sie.

„Mein Liebling hat doch ganz bestimmt Lust seinem kleinen Mädchen mal seine Arbeit zu zeigen, nicht Wahr?"

Doch, dass musste sie bestimmt beeindrucken, fiel ihm ein.

„Aber du musst im Auto ganz leise sein. Kleine süße Mädchen dürfen nämlich nicht ins wichtige Bundeskanzleramt", sagte er verschwörerisch.

„Ich bin ganz, ganz leise", versprach sie.

Auf der Fahrt suggerierte Nyx dem Sekretär, dass er nach einem wichtigen Termin noch schnell den Bericht für den Minister in Reinschrift bringen wolle.

Am Tor wurde der Wagen genauso kontrolliert wie jeden Tag und der Sekretär fuhr in den Hof. Vorsichtig brachte er das Mädchen an einem Wachmann vorbei und dann in sein Büro.

Wieder spürte er einen Stich, doch diesmal schlief er ein.

„Danke", sagte Nyx noch bevor sie ihn tötete.

Dieses Ministerium sah vielleicht von außen nicht so aus, aber es war eine Burg.

Nyx bewegte sich leise und mit geübter Vorsicht. Auch wenn sie über eine Stunde brauchte, sie konnte und wollte es sich nicht leisten gesehen zu werden. Doch als sie ihr Ziel erreicht hatte brauchte sie nur noch zu warten.

*

An diesem Morgen kam der Bundeskanzler sogar noch früher in sein Büro als üblich. Grummelnd warf er seinen Mantel über den Kleiderständer um sich dann an seinen Schreibtisch zu setzen.

„Benötigen sie etwas?", fragte seine Sekretärin, die soeben hereinkam. Sie hatte einfach immer gute Laune, stellte der Kanzler mürrisch fest.

„Nur einen Kaffee", antwortete er. Sie ging in ihr Büro und der Kanzler kümmerte sich um die Unterlagen, die ihn so Früh in sein Büro getrieben hatten. Der BND hatte ihn auf der von ihm so gehassten Leitung angerufen und ihn darüber informiert dass man Informationen über die Blutige

78

Rose erhalten habe. Diese Unterlagen hatte man ihm auf der verschlüsselten Leitung geschickt, würde sie ihm aber auch noch persönlich bringen.

Aber Kanzler Hersch war jemand, der vorher informiert sein wollte. So schaltete er seinen Monitor an und gab sein Passwort ein.

„Das ist aber lieb", sagte hinter ihm eine Stimme. Doch bevor er etwas tun konnte war er schon Tot.

Nyx hörte noch die Sekretärin schreien, die ihrem Chef den Kaffee bringen wollte, doch sie selbst war schon auf dem Rückzug.

Genauso wie sie lange gebraucht hatte um herein zu kommen brauchte sie lange um wieder aus dieser Burg heraus zu kommen. Die Hektik die nun herrschte war wirklich bewundernswert, fand sie. Schon weil eine solche Hektik jedes koordiniertes Vorgehen verhinderte.

*

Die Beamten des BKA und des Sicherheitsdienstes waren einfach erschüttert. In diese Festung hätte niemand eindringen können. Aber jetzt gab es hier zwei Leichen und eine davon war der Bundeskanzler selbst. Der lag zurück gelehnt in seinem Sessel und in seinem Herzen steckte ein langer schmaler Dolch, der perfekt einer Rose nachgebildet war. Stetig tropfte aus ihrer Blüte Blut.

Der elend teure Teppich schwamm schon davon und die Schuhe der untersuchenden Beamten machten Geräusche wie in Matsch.

„Was zeigen die Kameras?", fragte der leitende

Kommissar.

„Eine alte Frau, die auf einem Stock gestützt geht", erklärte einer der Wachleute. „Wir haben ihr Gesicht schon ausgedruckt." Er legte ein gestochen scharfes Bild auf den Tisch.

„Wie? Eine so alte Frau hat zwei Morde im Kanzleramt begangen?", fragte der Leiter ungläubig. „Die ist doch mindestens 75."

„Drei Kameras haben sie erwischt. Die hat sie wohl nicht entdeckt", erklärte der Wachmann.

„Ist der Vizekanzler informiert?", fragte der Leitende in die Runde.

„Er ist schon auf dem Weg zurück aus Spanien", bejahte jemand.

„Bis er hier ist und das Kabinett zusammenruft herrscht Informationssperre", befahl der Leitende.

„Der Herr Bundeskanzler hätte doch noch schreien können", überlegte ein Agent des BND, auf die Rose zeigend.

„Damit schon. Aber nicht damit", ein Arzt zeigte auf den Nacken der Leiche. „Der Täter, oder die Täterin, hat den Bundeskanzler mit einem perfekten Stich ins Gehirn getötet. Das war ein wirklicher Meister."

„Was allein schon die Rose beweist", der BND-Mann lachte bitter auf.

„Die sagt mir nicht viel", erklärte der Arzt. „Wann darf die Leiche zur Obduktion abtransportiert werden?"

„Ein Wagen steht schon im Hof", erklärte der Leitende. „Wir wollen auch wissen wie Sekretär Faldin gestorben ist."

Die Ärzte im Bundeswehrkrankenhaus wurden von

beiden Leichen überrascht und gaben diese Überraschungen an die Krisenzentrale weiter.

„Die beiden Dolche mussten wir förmlich herausoperieren", berichtete der leitende Arzt. „Der, den man dem Kanzler in das Gehirn getrieben hat ist eher Kunstlos und aus durchschnittlichem Baustahl, doch schnellten Widerhaken aus ihm heraus um den Dolch im Schädel zu verankern. Der Dolch im Herzen der Leiche ist dagegen ein wahres Kunstwerk aus Silber und Gold. Der Stiel ist Hohl und wirkte wie eine Kapillare. Allerdings wurde mit dem Dolch auch eine Substanz ins Blut gespritzt, die eine Blutgerinnung verhindert. Auch dieser Dolch hat sich verankert. Wir fanden aber auch das hier", er legte ein Stück Plastik auf den Tisch. „Es löste sich wohl beim Stich in das Herz."

„Was ist das?", wollte der Vizekanzler wissen.

„Etwas klein geschrieben, aber es ist eine formelle Kriegserklärung im Sinne der Haager Konferenz. Unterzeichnet mit dreizehn Namen die aus der Mythologie entlehnt sind. Alles weibliche Götter ", antwortete der Arzt.

„Da gab es doch einen Psychologen, der mit Zweien von denen Kontakt hatte", überlegte der Innenminister.

„Horst Mirow vom BKA, ja", bestätigte der BND-Präsident. „Ich habe schon nach ihm rufen lassen. Eigentlich müsste er jeden Augenblick hier sein."

„Warum ist er nicht schon in der Kommission?", fragte der Vizekanzler verärgert.

„Die Abteilung, der er angehört, wurde aus dem Fall abgezogen als der
Polizeipräsident den Fall übernahm. Seiner Zeit

ging es nur um zwei Mörderinnen", wurde ihm erklärt.

Man sprach noch darüber als Horst Mirow herein geführt wurde. Er begrüßte die Versammelten etwas Unsicher. Die Meisten kannte er nur aus dem Fernsehen oder gar nicht.

„Sie haben doch mit Zweien von der Organisation, die sich Blutige Rose nennt Kontakt gehabt?", fragte der Innenminister ihn sofort.

„Mit Drei", korrigierte Horst Mirow. „Sind sie in Erscheinung getreten, oder hat man eine von ihnen gefasst."

„Ersteres", erklärte der Vizekanzler. „Bundeskanzler Martin Hersch ist heute Früh ermordet worden, genauso Sekretär Hubert Faldin."

Horst Mirow war geschockt und zeigte es auch.

„Kennen sie auch diese Frau?", der Vizekanzler schob ihm die Bilder der Überwachungskamera hin.

Horst Mirow riss sich zusammen und sah sich die Bilder an. „Nein, die hab ich noch nie gesehen. Das ist die Täterin?"

„So ist es", nickte der BND-Präsident.

„Da stimmt etwas nicht", murmelte Horst Mirow.

„Warum?", fragte der Innenminister.

„Das kann ich noch nicht genau sagen. Das Bild ist aus einem Film nicht wahr?"

„Ja, wieso?", fragte der Chef den Sicherheitsdienstes des Bundeskanzleramts.

„Ich müsste den Film sehen um zu erkennen, was mir hieran aufstößt", erklärte der Psychologe. „Gibt es sonst noch Beweisstücke, der Blutigen Rose?"

„Die Tatwaffen und das hier." erklärte der

Einsatzleiter, er zeigte auf die Kriegserklärung. „Sie wurde dem Kanzler sozusagen ins Herz gepflanzt."

Horst Mirow versuchte sie zu lesen, bekam dann aber eine Vergrößerung.

„Und was sagen sie?", fragte der Vizekanzler.

„Das die Bundesrepublik ein ernstes Problem hat", sagte Horst Mirow aufsehend. „Genauso die USA. Zwei Fürstenhäuser, die den Sold nicht entrichteten", las er vor.

„Soll das nicht bedeuten, dass die beiden Geheimdienste gemeint sind?", fragte der Innenminister.

„Offensichtlich nicht", widersprach Horst Mirow ihm. „Sie haben die Kriegserklärung ins Herz der Regierung gepflanzt. Hat einer unserer glorreiche Geheimdienste schon eine Idee wie viele der Damen in der Stadt sind?"

„Auch wenn Sarkasmus nicht angebracht ist, wir wissen es nicht", erklärte der BND-Chef. „In der Organisation hatten wir nie Agenten und kennen sie deshalb nicht."

„In die Organisation schleusen sie auch nie Spione ein", Horst Mirow lachte auf. „Das uns bekannte Mädchen, Hebe Nyx wie sie sich nennt, wurde noch im Mutterleib rekrutiert. Keine von denen hat Verbindungen in die Außenwelt. Sie werden auf Disziplin gedrillt bevor sie laufen können. Und zu dem Zeitpunkt werden ihnen Mitleid und ähnliche Tugenden abgewöhnt. Die Frauen studieren ihr Leben lang und sie unterrichten genauso lange. Diese Organisation hat sich so in Jahrhunderten perfektioniert. Werden sie angegriffen, organisieren sie sich umgehend Neu. - Nun, was ist mit der zweiten Leiche?"

„Hubert Faldin", las der Arzt vor. „2. Sekretär im Bundeskanzleramt. Getötet wurde er durch Genickbruch. Allerdings ergab eine Untersuchung eine Substanz in seinem Blut, die zurzeit im Labor des BND untersucht wird. Wir können sie noch nicht einstufen. Herr Faldin hat übrigens höchstens eine Stunde vor seinem Tod gebadet."

„Wie Alt war Herr Faldin und wie sah er aus?", fragte Horst Mirow und sah sich noch einmal das Bild der Frau auf dem Tisch an.

„Er war 45, aber was hat sein Aussehen mit seinem Tod zu tun?", wollte der Arzt wissen. Horst Mirow sah ihn fragend an.

„Eher   unscheinbar",   erklärte   der Kanzleramtsminister für den Arzt.

„Die Frau ist nicht das was man auf dem Bild sieht", entschied Horst Mirow. „Ich nehme an, das Bild zeigt eine Frau aus dem Triumvirat. Wahrscheinlich die Älteste. Die Täterin wollte ihr Respekt bezeugen, nur deswegen hat sie sich filmen lassen. Fragen sie genau das Umfeld von Herrn Faldin ab. Meine Vermutung geht dahin, dass er sich seine Mörderin ins Haus geholt hat. Hebe Nyx."

„Was ist das für ein blöder Name?", fragte jemand aus der Runde.

„Hebe war die Mundschenkin der griechischen Götter und Nyx ist die Göttin der Nacht. Die einzige Göttin vor der selbst Zeus Angst hatte. Das Mädchen ist zwischen 13 und 15 Jahre Alt und eine Meisterin der Tarnung und des Mordes. Sie hat den Drachen-Phönix-Teppich aus dem Pergamon-Museum gestohlen und sie hat auf jeden Fall

Kommissarin Marion Schmidt gefoltert und getötet.

Wenn Herr Faldin Pädophil veranlagt war, dann war er genau ihr Opfer. Warten sie, das Mädchen war nach ihrer Flucht für wenige Tage in einem Bordell untergetaucht. Fragen sie einmal in der Gegend nach. Was die Substanz betrifft, ich nehme an, dass sie seine Neigung verstärkt hat, um ihr jeden Wunsch zu erfüllen. Zumindest nehme ich an, er hat sie ins Gebäude gebracht."

„Und was wird als nächstes geschehen?", fragte der Vizekanzler.

„Die Bundesregierung hat sich mit der Hölle eingelassen und versucht den Teufel zu bescheißen. Nun ist er verärgert. Ach ja. Das Mädchen und Madame Sylvia führen jetzt so etwas wie Kriegsnamen. Pandora. Das ist die nette Frau, die von den Göttern geschaffen wurde um die Menschheit zu bestrafen. - Ich weiß wirklich nicht, was nun geschieht."

*

Die Regierung der USA war anders aufgebaut als die Deutsche und so entschied die blutige Rose ihr Anliegen hier auch anders kund zu tun.

Madame Amaterasu schlenderte durch Washington. Ihr gefiel die Stadt mit den vielen aufgesetzt heroischen Gebäuden nicht. Diese Stadt mit den zwei Gesichtern. Auf der einen Seite das Politische Washington. Und dann die Armut, der anderen Stadtteile in der ständig ein Krieg geführt wurde. Aber ihr Besuch hatte nichts mit ihrer Abneigung zu tun. Es galt ein Zeichen zu setzen. Sie sah auf ihre altertümliche, aber doch reich verzierte Taschenuhr und die Hauptstraße. In einem Geschäft für das gesetztere Alter sah sie sich einige Kleider an, bevor sie den Fahrstuhl betrat. In einer komplizierten Reihenfolge drückte sie die 6 Tasten und der Fahrstuhl bewegte sich nach Unten.

Als sie ausstieg wurde sie schon erwartet. Zwei Mädchen von etwa 16 Jahren und eine Frau von knappen 30 Jahren saßen in einem Salon, der dem in Berlin sehr ähnelte und die drei Anwesenden grüßten sie so Höflich wie es einer Madame zustand. Erfreut sah Madame Amaterasu, dass diese Grüße nicht nur der Form wegen so ausfielen.

„Die Stadt schmückt sich für den Gedenktag", stellte die Madame fest, als sie sich einen Kaffee nahm. „Aber auch die Sicherheitsvorkehrungen werden erhöht."

„Ja, wir haben auch schon die lästigen Kameras ausgemacht", sagte Tutorin Saulé, „wir akzeptieren sie als gegeben."

„Sehr Gut", fand Madame Amaterasu. „Es wird mir eine Freude sein mit euch zusammen zu arbeiten."

„Und uns ist es eine große Ehre", sagte Ausrine. Mit ihren 16 Jahren war sie das Bild der schönen Russin. Besonders in diesem dünnen Tagesmantel war sie die Verführung Pur. Selbst Nyx gab gerne zu, dass Ausrine den Namen des Morgensterns perfekt gewählt hatte.

Belisama saß in ihrem Sessel und studierte Unterlagen, die sie in einer schweren Ledermappe hatte.

„Gibt es ein Problem, mein Kind?", fragte Madame

Amaterasu sie.

„Ich weiß es nicht genau, Madame", antwortete sie ernst. „Doch da das Werk perfekt werden soll werde ich heute Nacht noch einmal diese Pläne überprüfen. Ich befürchte, dass hier Änderungen vorgenommen wurden." Sie legte einen Bauplan auf den Tisch. Auch wenn sie nicht die Schönheit von Ausrine hatte, so war auch sie Hübsch. Jedoch sah man ihr an, dass sie gerne Handwerklich arbeitete. Madame Amaterasu stand auf und stellte sich dicht neben sie. Ihr die Hand auf den festen Po legend sah sie sich den Bauplan an.

„Wie kommst du darauf, mein Kind?", fragte sie das Mädchen.

„Ich war mit Ausrine heute dort und mir kam diese Wand fragwürdig vor", erklärte das Mädchen mit den Muskeln ihres Hintern spielend. Sie wusste, dass Madame Amaterasu das mochte. Ohne vom eigentlichen Thema abzukommen streichelte die Madame den festen vom arbeiten muskulösen Körper. „Du glaubst, die Statik könnte sich dadurch unvorteilhaft verändert haben", fragte sie.

„Es könnte sein", bejahte das Mädchen. „Ich werde es überprüfen und meine Pläne dem entsprechend ändern."

„Ich werde dich begleiten", bot Ausrine an.

„Danke. Es könnte sein, dass ein neugieriger Wachmann abgelenkt werden muss. Dann musst du die Messung zu Ende führen."

„Werde ich", nickte die Schönheit. Ja, sie wusste, es gab Fälle wo eine eher bodenständigere Schönheit mehr Beachtung fand als die Herausragende. Dabei hatte Neid oder Wettbewerb nichts zu suchen. Das

Ergebnis zählte. Auch das Madame Amaterasu die Handwerkerin ihr vorzog störte sie nicht. Sie war die Favoritin von Madame Gaia und durch ihre Schönheit ein gerne eingesetzter Todesengel bei stattlichen Männern.

In der Nacht zogen die beiden Mädchen los. Sich nur mit den Blicken verständigend drangen sie in das Gebäude ein. Belisama kannte das Sicherheitssystem perfekt und lotste Ausrine zu dem Ort den sie überprüfen wollten. Selbst eine Maus hätte mehr Lärm gemacht als diese Mädchen. Belisama klinkte sich in das Kameranetz ein und sah sich um. Schmunzelnd sah sie, dass im Fernsehen ein Footballspiel lief und den Wachmann fesselte.

Mit Ausrine zusammen vermaß sie die Wand schnell aber gewissenhaft. Noch einmal nickend vernichtete sie jede Spur und sie verschwanden aus dem Gebäude ohne auch nur den Hauch eines Verdachtes zu hinterlassen.

„Wie ich vermutet habe", erklärte Belisama zurück in der Villa. „Die Wand wurde erst später eingezogen."

„Wird das ein Problem?", fragte Madame Amaterasu besorgt.

„Nein, nur eine erfreuliche Herausforderung", fand das Mädchen. „Sehen sie Madame." Sachlich erklärte sie der Madame wie sie es sich vorstellte. Auch wenn Madame Amaterasu in der Architektur und Statik nicht Perfekt war, so wusste doch auch sie, was Belisama meinte. Nach drei Fragen war auch sie sich Sicher, dass die Herausforderung

Spaß machen würde.

*

Auch in den USA war eine Sonderkommission gebildet worden. Die Sicherheitsvorkehrungen um den Präsidenten waren extrem verstärkt da man vom Mord am deutschen Bundeskanzler doch tief geschockt war.

„Es gibt für die Killer-Weiber keine Möglichkeit an den Präsidenten heran zu kommen", versicherte der Leiter des FBI.

„Und seine Familie?", fragte der Chef der CIA.

„Ist unter ständiger Bewachung", versicherte der Leiter des Secret Service.

„Gut, wir haben die Sicherheit der Botschafter ebenfalls verschärft", erklärte der CIA- Mann. „Das DHS sichert Flughäfen und Häfen. Ebenso die Hotels. Die Killer-Weiber kommen hier nicht weit, sie kommen nicht einmal ins Land."

„Das werde ich dem Präsidenten so übermitteln", sagte der Berater, den der Präsident in diese Kommission entsandt hatte weit beruhigter.

*

In Deutschland schlug der Mord am Bundeskanzler ein wie eine Rakete. Auch wenn die Details vor der Öffentlichkeit geheim gehalten wurden so war es ein Schock für das ganze Land. Die Zeitungen waren voll und nun wurden auch Bilder der mutmaßlichen Mörderinnen veröffentlicht.

Die Regierung setzte auf die Ergreifung die höchsten Belohnungen aus, die es in Deutschland je gab, nämlich 50 Millionen Euro. Nicht einmal auf alle Terroristen der

Rote Arme Fraktion zusammen hatten es das gegeben.

„Hätten sie bezahlt, wären die Kosten nicht so Hoch", überlegte Horst Mirow schmunzelnd.

„Wenn man alles zusammenrechnet, hast du wohl Recht, auch wenn ich nicht weiß was die für einen Sold verlangt hatten", stimmte Klaus Aldig zu. „Aber ich will die Teufelsweiber hinter Schloss und Riegel. Da ist es mir völlig egal wie teuer es wird."

„Aber ich denke, deine Wünsche decken sich nicht mit denen dieser Frauen", gab der Psychologe zu bedenken. „Irgendwie bin ich auf den nächsten Schritt gespannt."

„Du bewunderst sie, nicht wahr?", fragte der Oberkommissar.

„Ihre Professionalität und die Ausbildung. Nicht ihre Tätigkeiten", relativierte Horst Mirow. „Ich glaube, ihr nächster Schlag findet in den USA statt und das in wenigen Tagen."

„Warum?", fragte Klaus Aldig überrascht.

„Dann ist der 4. Juli, der Unabhängigkeitstag. Sie wollen ein Zeichen setzen und dafür ist der Tag wie geschaffen", erklärte der Psychologe. „Aber ich glaube nicht dass der Präsident das Ziel ist."

„Zu sehr gesichert?"

„Nein. Das wäre nur einer Herausforderung. Sie denken in einigen Dingen in alten Mustern. In Deutschland ist der Bundeskanzler nicht das Staatsoberhaupt, in den USA schon", gab Horst

Mirow zu bedenken.

„Dann können sie überall zuschlagen", meinte Klaus Aldig.

„So ist es", nickte der Psychologe. „Einen Knall wird es aber geben."

*

Am Morgen des 4. Juli fuhren 10 schwere Autos vor dem Nationalarchiv vor und das noch während die Polizei alles hermetisch abriegelte. Keinem der Wagen sah man an, wozu er gehörte, doch die Aussteigenden wurden, nach dem ihre Ausweise geprüft waren, militärisch gegrüßt.

Ein höherer Polizist in Uniform lief auf die Männer und Frauen zu und erklärte die Lage. „Das Original, wie auch die ausgelegte Kopie der Verfassung sind gestohlen worden. Ebenso die Bill of Rights. Die Wachmannschaften sind eingeschläfert worden."

„Wie konnte das geschehen?", fragte eine Endfünfzigerin mit unangenehmer Stimme.

„Wir sichern noch die Spuren", antwortete der Polizist ausweichend.

„Und was ist bis jetzt bekannt?", fragte der Chef des CIA.

„Gift", sagte der Polizist. „Da alle gleichzeitig ins Koma gelegt worden sind vermuten wir ein Gas. Aber in der Luft ist nichts mehr zu finden."

„Wurde eine Forderung gestellt?", fragte die unangenehme Frau.

„Nein und Ja, das hier wurde zurück gelassen", der Polizist zeigte auf den Kasten, in dem normalerweise der Originaltext der Verfassung liegen sollte. Im selben Stil wie die Verfassung gehalten war hing dort nun eine Kriegserklärung. Unterzeichnet war sie mit 13 weiblichen Namen aus der Mythologie.

„Auch die Originalen sind verschwunden?", fragte die Frau nun doch mit weitaus besorgterem Gesicht.

„Die Täter haben auch den Tresorraum geöffnet", bestätigte der Polizist. „Die Spezialisten untersuchen noch wie es den Tätern gelungen ist, ohne den Alarm auszulösen."

„Ich verständige den Präsidenten", erklärte die Frau. „Ich nehme an, er wird sofort den Krisenstab einberufen."

Der FBI-Chef und der des CIA nickten und die Frau rauschte davon.

„Was zeigen die Kameras?", fragte der FBI-Mann.

„Die Bänder wurden mit Szenen aus einem alten Film über den Unabhängigkeitstag überspielt", wurde ihm erklärt. „Er befindet sich schon im Labor um eventuelle überlagerte Signale zu entschlüsseln."

„Sobald etwas gefunden wird, sofort ins Weiße Haus übermitteln", befahl ein weiterer Mann, der Gruppe.

„Was wissen wir über diese Scheiße?", schrie Ron Bolden, der Präsident außer sich vor Zorn. „Wer war das?"

„Die Blutige Rose", erklärte der CIA-Chef. „Dieselben die auch den deutschen Bundeskanzler ermordet haben."

„Und warum? Die Frage bezieht sich auch auf den Mord am Bundeskanzler, ist schon mehr aus

Deutschland bekannt?", fragte ein General. „Und mit wem haben wir es zu tun?"

„Die Blutige Rose ist eine Organisation von Frauen, die im Auftrag tötet, Diebstähle begeht, oder Karrieren zerstört", erklärte der CIA-Chef ungerührt. „Wie alt diese Organisation ist wissen wir nicht, ebenso wenig kennen wir ihre genaue Struktur.

Offen in Erscheinung trat sie erst vor Kurzem wieder in Berlin, wo sie für einige Morde verantwortlich ist. Durch einen Zufall hatte Deutschland ihr Zentrum entdeckt und zwei der Frauen gefangen. Beide haben sich wieder befreit", er zeigte die Bilder die in deutschen Zeitungen zu sehen waren und darauf die beiden die er beschrieben hatte. „Madame Sylvia und Hebe Nyx. Die Namen sind der Mythologie entlehnt."

„Aber was zur Hölle bedeutet die Kriegserklärung?", fragte der General aufgebracht.

„Vor einiger Zeit hatten Rebellen eine Deutsch-Amerikanische Schule in Kenia als Geiseln genommen", sprach der CIA-Chef sachlich weiter. „Ein Befreiungsversuch von unserer Seite aus wurde vereitelt, woraufhin die Blutige Rose ihre Dienste anbot.

Gemeinsam mit Deutschland nahmen wir an. Aber auf Grund der Kontrolle des Gremiums konnten wir nicht zugeben uns mit einer solchen Organisation eingelassen zu haben und so wurde die Zahlung verweigert."

„Wir haben Geschäfte mit Mördern gemacht?", fragte der General ungläubig. „Mit Mördern, über die wir keine Kontrolle haben?"

„Wie es aussieht", bestätigte der FBI-Mann. Ihm sah

man an dass es ihm ebenfalls gegen den Strich ging.

„Und mit diesem Schlag gegen die Grundfesten unseres Landes rächen sie sich?", fragte der Präsident noch immer tobend.

„Das war nur der Auftakt", überlegte der General. „Das hier ist eine altertümliche Kriegserklärung", er zeigte auf den Pergamentbogen.

„Und was folgt als Nächstes?", fragte die unangenehme Beraterin.

„Sie werden unser Land angreifen", erklärte der General offen.

„Ich möchte umgehend alles was diese Mörderinnen betrifft auf meinem Schreibtisch haben", befahl der Präsident. „Was das Archiv betrifft. Wir lassen verlauten dass wir Hinweise auf einen Anschlag erhielten. Die Familien und Wachleute werden an einen sicheren Ort gebracht um sie vor dem Zugriff der Presse zu schützen. Wir lassen uns weder einschüchtern noch erpressen."

„Eingeschüchtert haben sie mich schon", erklärte der Präsident des Heimatschutzministeriums. „Ich werde die Warnstufe auf Gelb anheben."

„Erst Morgen", verlangte der Präsident. „Wir haben Unabhängigkeitstag und wenn wir den Level heute anheben wird uns Panikmache vorgeworfen."

*

Im Kapitol arbeiteten an diesem Feiertag nur die Sicherheitsleute. John Wather ging seine Runde und pfiff leise eine Melodie die er am frühen Morgen im Radio gehört hatte und die ihm seit dem nicht aus den Ohren ging, als sich dezent sein Funkgerät meldete. Da die Wachmannschaft auch während des Betriebes in den Gängen patrouillierte waren die Geräte so eingestellt um niemanden zu stören.

„Wather?", Meldete er sich.

„Treffen sie sich mit Dash und kontrollieren sie die Eingänge des Westflügels", erhielt er die Anweisung.

„Verstanden", meldete er zurück.

Auf halbem Wege traf er mit seinem Kollegen zusammen und sie gingen zum Westflügel. Überrascht sahen sie, dass dort nun insgesamt 16 Mann waren.

Am Osteingang und auch an denen für das Personal sammelten sich die Leute, ergab eine Nachfrage über Funk.

Dann vernahmen sie auch schon die erste Detonation. Drei Wände rissen gleichzeitig und die Wachmannschaften flüchteten nahezu panisch ins Freie.

Fassungslos hörten sie weitere Explosionen und sahen wie die monumentale Kuppel in sich zusammenstürzte als sie zurück blickten.

Drei Touristen filmten die Zerstörung. Doch als einer von ihnen die Kamera herunter nehmen wollte war John Wather bei ihm. „Filmen sie. Filmen sie", befahl er. „Das sind Beweise."

Der verschreckte Tourist filmte nun auch den Rest der Katastrophe.

Dieses Ereignis konnte die Regierung nicht geheim

halten. Schon weil am Osteingang ein Fernsehteam von NBC gefilmt hatte.

„Das hier war ein Anschlag auf die USA", plärrte der Reporter außer sich vor Glück direkt dabei sein zu können. „Wir alle hier hörten eine ganze Anzahl von Bombenexplosionen."

Das FBI kam mit einem Großaufgebot und riegelte in Windeseile alles ab. Doch über die Absperrungen hinweg filmten Fernsehteams aus aller Welt.

„Was heißt das, sie wurden zu den Ausgängen geschickt?", wollte der Einsatzleiter des FBI wissen.

„Die Zentrale schickte uns alle die Ausgänge zu kontrollieren", erklärte John Wather. „Jedem einzeln, wie auch jedem Team. Ich habe nachzählen lassen, es ist nicht einer ums Leben gekommen. Wer war das?"

Der Einsatzleiter sah aus dem Augenwinkel auf einen Kontrollmonitor eines Senders.

Darauf war gerade das Bild aus einer Hubschrauberkamera zu sehen.

„Er soll noch einmal direkt über das Gebäude fliegen", befahl er dem Aufnahmeleiter und zeigte seinen Ausweis. Eigentlich war das Überfiegen des Kapitols verboten und so gab der Aufnahmeleiter den Befehl weiter in dem er auf den FBI-Mann verwies.

Gebannt sah der Einsatzleiter auf die Bilder.

„Verdammte Scheiße", fluchte er, aber doch beeindruckt. „Das war eine Meistersprengung."

Die Trümmer bildeten nahezu perfekt eine Rosenblüte in deren Mitte die Freedom, die Kuppelfigur, stand.

Diese Bilder wurden aber auch Live übertragen.

*

„Wir sind auch Architekten", zitierte Horst Mirow Madame Gaia. „Man sieht es. Jetzt müssen sie nur noch die Verfassung klauen und sie haben die USA schlimmer gedemütigt als hätten sie ihren Präsidenten geschlachtet."

„Das haben sie", sagte der BND-Präsident. „Heute Morgen. Das Original und auch die ausgestellte Kopie."

„Da müssen sich ihre Agenten richtig Klein vorkommen", vermutete der Psychologe. „Alleine die Wirkung die sie erreicht haben. Das Land steht doch unter einem Schock, den nicht einmal der 11 September hervorgerufen hat."

„Was werden die Irren jetzt tun?", fragte der BND-Präsident.

„Beide Länder zur Kapitulation auffordern", vermutete der Psychologe. „Wenn die nicht ausgesprochen wird? Dann beginnt ein Krieg, den keines der beiden Länder gewinnen kann. Denn dann morden sie so, dass es Aufstände gibt. Dagegen sind islamische Terroristen Weisenknaben."

„Mit wie vielen Mörderinnen haben wir es zu tun?", verlangte der Vizekanzler zu wissen.

„Mindestens 30, höchstens 50", antwortete Horst Mirow. „Aber jede Einzelne ist eine wahre Meisterin."

„Haben sie auch eine Ahnung, warum die Wachmannschaft gewarnt wurde?"

„Sie haben mit dem Krieg vorläufig nichts zu tun. Es sind einfache Menschen. Sie wollen zeigen, dass sie die Regierung und nicht die Bürger treffen wollten. Das kann sich aber ändern."

„Die Bundesregierung kann und wird nicht vor Kriminellen kapitulieren", erklärte der Vizekanzler.

„Dann wird es demnächst losgehen", versicherte der Psychologe. „Leider ist nicht bekannt, ob sie in der Vergangenheit schon mal einen Krieg geführt haben. So gibt es natürlich auch keine Anhaltspunkte was sie tun werden."

„Schon die RAF hatte versucht die Bundesrepublik in ein Chaos zu stürzen. Auch die haben es nicht geschafft", erklärte der Innenminister laut.

„Die haben aber für einige lustige neue Gesetze gesorgt", erinnerte Horst Mirow. „Und das waren nur Studenten, die sich in einen Wahn gelesen und diskutiert hatten. Diese Bedrohung ist eine völlig Andere. Diese Frauen und Mädchen sind nahezu geborene Killer. Wie gut sie als militärische Taktiker sind, das weiß ich natürlich nicht. Aber ich denke, das wird sich zeigen. Sprengen können sie allerdings sehr Gut", er zeigte auf das zerstörte Kapitol.

„Wie können sie diese Mörder noch bewundern?", fragte der Innenminister entsetzt.

„Ich bin Psychologe. Ich bewundere den Verstand und die Ausbildung dieser Mädchen, nicht das was sie darstellen."

*

Die USA stand wirklich unter Schock. Eher um

überhaupt etwas zu tun wurden die Kontrollen an den Flughäfen und allen öffentlichen Gebäuden fast Sinnlos verschärft. Genauso wurde eine Landesweite und internationale Fahndung nach den in Deutschland bekannten Frauen und dem Mädchen eröffnet.

Die Panik war fast körperlich greifbar.

Die Fernsehsender fragten wieso jemand so etwas tun würde, denn weder das Weiße Haus noch die Geheimdienste hatten etwas über den Hintergrund gesagt und mehrere Sprengmeister erklärten die Bilder, die man sehen konnte und wie das Gebäude in die Luft gejagt worden sein musste.

„Dazu gehört eine perfekte Ausbildung und ebenso ein sehr großes Wissen in der Architektur", erklärte der bekannteste Sprengmeister der USA. „Die Anbringung der Sprengsätze muss Wochen gedauert haben."

„Wir zahlen nicht?", fragte der Minister des Heimatschutzministeriums bei einer weiteren Lagebesprechung.

„Nein, das werden wir nicht", schrie der Präsident. „Wir werden die Terroristen fassen und vor Gericht stellen."

Die Blutige Rose hielt sich aber bedeckt.
Eine Woche lang suchten die Geheimdienste Deutschlands und der USA schon nach ihnen. Doch sie versuchten keinen Kontakt aufzunehmen.

*

„Was werden wir nun unternehmen?", fragte Madame Frigga. Das Triumvirat traf sich in der neuen Zentrale.

„Da beide Fürsten sich noch immer nicht bereit erklären uns zu bezahlen ist es an der Zeit den Krieg beginnen zu lassen", fand Madame Sylvia womit sie viel Zustimmung erhielt.

„Schicken wir die Mädchen auf ihre schwächsten Punkte", sagte Madame Amaterasu. „Sie erwarten unseren Schlag in ihren Regierungszentralen."

„Das ist unser nicht Würdig", fand eine Andere.

„Wenn es Kreativ und gut geplant ist, schon", meinte Madame Frigga. „Hat jemand Vorschläge?"

„Lassen wir sie zittern. Treffen wir sie da, wo sie es am allerwenigsten erwarten. Bei ihrem Militär."

„Das ist unser Würdig", die Madame die gerade noch ablehnend war, war nun begeistert.

„Eine gute Idee", fand auch Madame Sylvia. „Vernichten wir Kapital und gönnen den Mädchen Spaß. Die Schülerinnen werden begeistert sein."

Innerhalb des Triumvirat wurde das noch durch diskutiert bevor eine Abstimmung die volle Unterstützung des Planes bewies.

*

Tutorin Nyx traf sich mit 6 Mädchen in einer mobilen Basis. Von außen war diese ein LKW wie viele, im Auflieger aber wirklich schön und doch effizient eingerichtet.

Alle Mädchen waren völlig bei der Sache, als sie den Plan erklärte.

„Es gilt, dass es keine Spuren unseres Eindringen

100

gibt", verinnerlichte Nyx ihnen noch einmal. „Ebenso darf über einen Zeitraum von 24 Stunden unser Besuch nicht erkannt werden. Amaunet, du hast dir die Pläne verinnerlicht?"

„Das habe ich", nickte sie. „Frau Major Raresch war so lieb und hat mir eine ganze Menge erklärt. Sie ist wirklich eine zärtliche Erzählerin."

„Luder", neckte eine Andere sie.

„Es ist so", versicherte die Siebzehnjährige. „Sie hat Heute auch Dienst, also seit vorsichtig. Die Frau ist nicht zu Unrecht in der Einheit."

„Wahrscheinlich ist dort niemand zu Unrecht", gab Nyx zu bedenken. „Deshalb hat das Triumvirat diesen Standort gewählt."

Der LKW hielt auf einem Rastplatz und die Mädchen stiegen aus. Ihre Ausrüstung fest am Körper verstauend schlichen sie durch die Nacht.

Anat und Nyx kontrollierten immer wieder die elektronische Sicherung der Kaserne und zweimal schalteten sie Gegenmaßnahmen. Amaunet hatte sich den Namen redlich verdient, wie eine Schlange überwand sie die ersten Wachposten und überbrückte die Sicherung des Zaunes an einer Stelle. Dabei galt es die Widerstände genau einzustellen, denn sonst hätte sie schon hier den stummen Alarm ausgelöst.

Doch auch noch im LKW hatte sie geübt. Nun folgten die Anderen. Die Mädchen gaben sich noch einmal die Hände und verteilten sich.

Immer wieder galt es zu warten um Wachen vorbei gehen zu lassen und es galt Schlösser zu umgehen.

Anat erreichte ihr Ziel, die Überwachungszentrale.

Hier waren Tag und Nacht Wachen, womit es nahezu unmöglich war hier einzubrechen. Aber das Mädchen wusste genau, wie man sich nahezu Unsichtbar machte. Geübt und ohne Hektik drang sie in die Computerzentrale ein.

Ein Techniker überprüfte noch ein Backup und nur seinen Arbeitsplatz beleuchtet habend arbeitete er gewissenhaft, wie Anat anerkennend bemerkte. Sie schlich sich in den Gang zwischen den Serverschränken und verrichtete ihre Arbeit. Einige Bauteile galt es so zu platzieren dass sie nicht gefunden wurden, die aber im richtigen Moment ihre Aufgabe erledigen mussten.

Nach einer Dreiviertel Stunde war sie fertig.

Der Soldat hatte in der Zeit zwei Mal Besuch seines Vorgesetzten bekommen und arbeitete noch immer als sie sich wieder aus dem Raum schlich. Nun kam der schwierige Teil. Verschwinden ohne gesehen zu werden.

Doch das wurde immer Schwerer. Sie merkte, dass ihr immer schwindeliger wurde. - Deshalb hatte der Soldat so weit von dem Serverraum weg gearbeitet, sagte sie sich. Man gaste ihn aus um Ungeziefer zu vernichten. Anat überlegte was zu tun war. Sie hatte das Gift über eine Dreiviertel Stunde eingeatmet und das dort wo es Konzentriert war, nämlich am Boden. Sie wusste, sie würde es nicht überstehen.

Nein, sie konnte alleine die Kaserne nicht mehr verlassen. Nun galt es nur noch den Auftrag zu schützen. Sie hielt sich noch einmal den Plan der Kaserne vor Augen und wusste was zu tun war. Sie schlich sich hinter die Unterkünfte der Mannschaften und suchte den alten Eingang. Auch wenn ihr immer Unwohler wurde, sie öffnete die alte Tür genauso gewissenhaft wie sie den Rest des Auftrages erledigt hatte und schlüpfte in den alten und vergessenen Raum. Er stammte noch aus der Zeit als die NVA diese Kaserne bewohnt hatte. Hinter sich schloss sie die Tür ebenso vorsichtig wieder. Mit einer winzigen Lampe orientierte sie sich und ging die verrottete Treppe hinunter.

Hier gab es einen alten Versorgungsdeckel zu der Klärgrube, die seit Ewigkeiten nicht mehr genutzt wurde. Sie öffnete die Luke und drückte bestimmte Knöpfe an ihrer Ausrüstung.

Die Luke fiel hinter ihr wieder zurück an ihren Platz.

*

„Eine Rose ist verblüht", stellte Madame Gaia betroffen fest. „Sie verblühte so Stolz wie sie gelebt hatte."

„Wir werden sie ehren", versicherten auch die anderen des Triumvirat.

*

Tutorin Nyx hatte das Signal ebenfalls empfangen. Doch es galt den Plan zu ende zu führen, bevor sie trauern konnte. Nach einander kehrten die Mädchen zurück und überwanden den Zaun. Als Nyx sie aufforderte weiterzugehen, obwohl sie noch nicht vollständig waren, wussten alle das Anat nicht mehr kommen würde.

Erst als sie wieder im LKW saßen fragte eine nach.

„Anat löste das Signal aus dass sie sterben würde, aber ihren Auftrag erledigt hat", erklärte Nyx.

„Was kann passiert sein?", fragte Amaunet.

„Ich vermute, sie fiel dem Insektengift zum Opfer, mit dem die Serverschränke geschützt werden. Eigentlich sind diese Gifte nicht mehr erlaubt, aber dort hatte man wohl noch etwas davon gefunden und verwendet. Wo werden wir sie finden, Amaunet?", fragte Tutorin Nyx.

Das Mädchen sah sich die Pläne an. „Hier wird sie hergegangen sein." Sie zeigte auf die alte Kläranlage. Die Mädchen sahen sich an und nickten. Tutorin Nyx gab nach vorne durch, dass der zweite Teil des Planes abgesagt war und sie zurück fahren würden. Keinem der Mädchen war danach sich zu vergnügen.

*

Zur selben Zeit als in Deutschland die Mädchen in die Kaserne eindrangen, begann die Aktion in den USA.

Tutorin Saulé und fünf Mädchen machten sich auf den Weg.

Die Reise an die Westküste hatten sie genutzt um auch die letzten Informationen in ihre Pläne einzuarbeiten. Besonders die erhöhte Sicherheitsstufe musste bedacht werden. Alle Sechs waren voll bei der Sache und der Plan wurde gemeinsam bis ins Kleinste überdacht und durchgesprochen.

„Das Material ist Pünktlich vor Ort?", fragte Belisama auf dem Bauch liegend und mit den nackten Beinen spielend. Der Kugelschreiber, mit dem sie ihre Notizen machte, war am Ende schon abgekaut.

„Es ist schon da", bestätigte Tutorin Saulé.

„Wir müssen es trotzdem noch einmal überprüfen", fand das Mädchen. „Ich traue dem Lieferanten nicht mehr, nach dem er mir für Washington so einen Mist geliefert hat. Habt ihr im Westen die Staubfontäne gesehen? Ich habe mich richtig geschämt."

„Deine Arbeit war gut, Mädchen", sagte Tutorin Saulé lobend. „Aber du hast Recht. Wir überprüfen das Material."

In St. Diego fuhr das Wohnmobil auf einen Campingplatz und bekam den gewünschten Platz zur Seeseite hin. Es war Abend und somit nicht verwunderlich dass die Neuankömmlinge sich erst einmal ausruhen wollten.

Doch von Ausruhen war bei den Mädchen nichts zu spüren. Ohne dass sie vom Campingplatz gesehen wurden verschwanden sie über den Strand und im Schatten

eines Baywatsh-Turms im Wasser. Jedes der Mädchen hatte die Gegebenheiten vor Augen und mit kleinen Pressluftbetriebenen Antrieben glitten sie durch das Wasser zu dem angelegten Lager.

Belisama erklärte noch einmal worauf jede zu achten hatte und sie sahen sich alles genauestens durch.

Ohne sich aufzuhalten ging es sofort weiter zu dem Objekt ihrer Begierde. Sie hatten eine ganze Menge zu tun, wie sie wussten. Außerdem konnten sie nicht durchs Wasser, da es hier Sensoren gab. Aber auch dafür war gesorgt. Ihre Uniformen gehörten zu dem Schiff. Sicher, einer genauen Überprüfung

105

hätten ihre Ausweise nicht Standgehalten, aber sie hatten auch nicht vor sie zu benutzen. Um an Bord zu kommen hatten sie ja Ausrine. Auch wenn die Anderen sie gerne damit aufzogen, sie genoss es ihr Aussehen einzusetzen. Sie hatte dafür lange bei Madame Gaia Stunden genommen um perfekt zu werden.

Um auf die Basis zu kommen mussten sie eigentlich durch eine Schleuse, doch das umgingen sie genauso wie einige hier stationierte Soldaten, denn ein Ergebnis zu hoher Sicherheitsvorschriften war, dass es immer jemanden gab der sie umging. So auch Soldaten.

Ausrine fand die Kandidaten sofort. Vier Soldaten der USS Nimitz hatten ihren Ausgang überzogen.

„Kein Problem", versicherte Bill, den Sanitätssoldatinnen. „Das bekommen wir hin. Nur auf die Gibber müsst ihr selbst kommen."

Die Kameraden von Bill waren schon mächtig angetrunken und begnügten sich damit die Mädchen zu betatschen. Bill hielt aber eine wahre Schönheit im Arm und das wollte er auskosten.

Sie hatten den Zaun überwunden und waren nun hinter den Versorgungsschuppen als Bill zum Angriff überging. Die Verteidigung der Sanitäterin war Schwach und schnell überwunden, was ihn sichtlich freute.

Die anderen Mädchen hielten sich die Jungs mit Knutschen vom Leib, doch Ausrine ließ Bill all seine Wünsche. Auch wenn sie es immer wieder mit sterbender Verteidigung zu verhindern suchte, sie genoss diesen gutgewachsenen Soldaten mit ganzen Zügen. Aber danach beschwor sie ihn sie nicht zu verraten. Das versichernd trennten sie sich.

Ausrine war sich sicher, dass er nichts sagen würde, immerhin trug sie die Streifen eines Captains und er war einfacher Soldat.

Bei der Bordwache schickte sie aber Tutorin Saulé vor. Der Corporal war älter und somit war hier eine andere Strategie von Nöten. Aber auch die Tutorin kannte dieses Spiel zwischen Mann und Frau. Natürlich zeigte sie ihren Ausweis. Das allerdings so, dass andere ihrer Vorzüge den Soldaten ablenkten. Wenige Augenblicke später waren die Mädchen an Bord.

Nun galt es schnell und gewissenhaft zu Werke zu gehen. Jede von ihnen kannte ihre Aufgabe und suchte ihren Bereich auf. Die Pläne des Flugzeugträgers hatten sie alle studiert und Belisama hatte ihnen genau erklärt wo und wie sie die Sprengsätze anzubringen hatten.

Schnell aber ohne Hektik verrichteten sie ihr Werk bevor sie sich nach Stunden wieder sammelten.

Mit dem Wachwechsel verließen Schiff und Hafen.

*

Als sie zurück im Campingwagen waren erfuhren sie vom Tod Anats.

„Ehren wir sie, in dem wir leben", fand Tutorin Saulé und die anderen Mädchen stimmten zu.

Am nächsten Tag alberten sie mit den anderen Urlaubsgästen am Strand herum, eben so wie es sich für College-Mädchen, die frisch in den Ferien, waren gehörte.

Mit anderen Jugendlichen saßen sie auch am Strand als ein Alarm auf der USS Ronald Reagan ertönte und gleich darauf die ersten Explosionen zu hören und zu sehen waren.

„Eine Übung?", fragte Sally Miller, wie sich Ausrine nannte, mit erschrocken großen Augen den Footballspieler, der sie im Arm hielt.

„Ich glaube nicht", meinte er. „Seht, da explodieren Flugzeuge." Alle sprangen auf und sahen die Katastrophe. Die Soldaten stürmten von Bord des riesigen Flugzeugträgers und brachten sich in Sicherheit.

„Das ist ein Angriff!", rief ein Familienvater. „Ich muss auf die Basis."

*

In Deutschland war der Erfolg weniger Spektakulär weil es nicht so viele sahen, aber er war dennoch ein gewaltiger Schlag. In der Kaserne machten sich zuerst die Computer selbstständig und löschten Daten. Gleich darauf explodierten die beiden Notstromeinheiten und die stehenden Fahrzeuge. Der riesige Sende- und Empfangsturm sprengte an der technischen Plattform auseinander und nacheinander gingen jetzt Sprengsätze in der gesamten Kaserne hoch und zerstörten gigantische Millionenwerte. Natürlich war das kein Vergleich zu einem Flugzeugträger aber für Deutschland war es Gewaltig.

In beiden Fällen kamen natürlich noch die Prestige-

Verluste hinzu.

*

Während wieder die Krisenstäbe tagten traf sich auch der Orden der blutigen Rose.

„Es gilt unser Mädchen nach Hause zu holen", erklärte Madame Gaia. „Wir können sie nicht in der Klärgrube belassen. Aber da das Gelände jetzt von der Bundeswehr weiträumig abgeriegelt ist, kommt das einem offenen Kriegseinsatz gleich, den wir seit uralten Tagen nicht mehr hatten."

„Wir werden ihn dennoch durchführen", sagte Madame Sylvia.

„Ich weiß, es steht mir nicht zu einen Beschluss des Triumvirat in Frage zu stellen, aber ich denke, wir bekommen Anat auch anders nach Hause geholt", meldete sich Tutorin Nyx.

„Wir sind für Vorschläge offen, Kind", sagte Madame Frigga.

„Anat starb weil ich nicht an die Möglichkeit von Insektenvernichtungsmitteln dachte", sagte das Mädchen. „Deshalb möchte ich sie bergen und Heim holen. Zusammen mit Belisama und zwei weiteren können wir sie herausbekommen, ohne dass wir Soldaten töten müssen und wenn doch, dann blieben die Verluste Deutschlands gering. Ich denke da auch an die finanziellen Interessen des Ordens. Treten wir zu offen auf, dann leidet unser Ruf."

„Das ist Wahr", nickte die alte Frau. „Aber wie wollt ihr durch die Reihen kommen?"

„Wir lassen uns hinein bringen", das Mädchen

lächelte hintergründig. „Man rechnet nicht mit uns."

Die Damen des Triumvirat sahen sich an und nickten dann.

„Aber ihr brecht ab, sobald ihr in Gefahr geratet", verlangte Madame Gaia.

Die Mädchen sagten zu und verließen den Saal.

„Wie stellst du dir das vor?", fragte Belisama neugierig.

„Madame Sylvia ist eine wunderbare Lehrerin wenn es um die Kunst der Verkleidung geht", erklärte Tutorin Nyx. „Du bist eine Meisterin mit Sprengstoff und ich kann mich nahezu unsichtbar machen. Zusammen werden wir unsere Schwester nach Hause holen."

„Gut. Dann erkläre uns deinen Plan", verlangte Belisama. Zu Viert gingen sie in einen Unterrichtsraum und Nyx erklärte ihren Plan an einer Tafel.

*

Horst Mirow war mit dem Untersuchungsteam zu der zerstörten Kaserne gekommen.

„Ganze Arbeit", witzelte er sich umsehend. „Wie viele Millionen hat das dem Steuerzahler gekostet? Doch wohl so einige, oder?"

„Das hier war unsere Einheit mit der neuesten Ausrüstung. Milliarden", bestätigte ein General. „Wir wollen genau wissen, wer das war."

„Wenn es die waren, die ich vermute, dann gibt es mindestens ein Zeichen von ihnen", sagte der Psychologe. „Die blutige Rose wollte ihrer Forderung Nachdruck verleihen, wenn sie es waren."

„Haben die auch den Flugzeugträger auf dem Gewissen?", fragte der General.

„Wie hier sind dort keine Soldaten ums Leben gekommen. Bei derart vielen Explosionen will das was heißen. In beiden Fällen", gab Horst Mirow zu bedenken.

Hinter ihnen kam noch ein Bundeswehr-LKW auf das Gelände gefahren.

'Noch mehr Leute die nur das Geschehen protokollieren können', fand der Psychologe. Denn was sollten sie hier noch absichern wollen?

Mit einigen Spezialisten der Spurensuche ging er zur Zentrale und sah sich die Zerstörung an.

„Es wurde nichts gefunden, das wie eine Rose aussieht?", fragte der Psychologe.

„Nein", erklärte der Spezialist. „Aber wir haben noch nicht alle Trümmer untersuchen können."

„Mich wundert, dass es nichts Offensichtliches gibt", sagte er nachdenklich. „Was ist dort?"

„Der Computerraum. Allerdings sind da noch Leute des ABC-Teams am arbeiten. Man hatte hier Probleme mit Insekten und hatte den Raum ständig mit Gas geflutet. Man hatte wohl noch Zeug von der NVA gefunden. Das Zeug ist tödlich."

„Lassen sie das nicht den Wehrbeauftragten hören", warnte Horst Mirow. „Wir sind ein Volk dass seine Söhne nicht einmal im Krieg verlieren will, geschweige denn im Frieden."

Sie gingen wieder hinaus damit der Psychologe eine rauchen konnte. „Vielleicht haben sie in den Datenbanken ein Zeichen hinterlassen", überlegte er.

„An die kommen wir erst, wenn wir die Festplatten haben", sagte der General.

Der LKW, der erst vor kurzem herein gekommen war stand einen Block weiter. Der LKW hatte einen Anhänger und Horst Mirow dachte sich, dass man wohl verwertbare Technik vor Leuten wie ihn verbergen wollte. Leute, die zwar überhaupt keine Ahnung hatten, aber vielleicht Leute in China kannten. Er trat seine Zigarette aus und ging wieder mit in das Gebäude als zwei Männer in Vollschutzanzügen gerade aus dem Serverraum kamen.

„Wie sieht es aus?", fragte der General.

„Ich würde gerne den Volltrottel sprechen, der die Begasungsanlage eingestellt hat", erklärte der Feldwebel säuerlich. „Das Absaugsystem ist viel zu schwach dafür. Ach ja. Darin haben die Terroristen übrigens auch gewütet."

„Wie lange hätte man in dem Raum ohne Vollschutz überleben können?", fragte Horst Mirow nachdenklich.

„Höchstens eine Stunde", erklärte der ABC-Fachmann. „Das Teufelszeug dringt durch die Haut ein."

„Was ist in dem Block dort drüben", der Psychologe sah hektisch auf die Wand in die Richtung wo der LKW stand.

„Ein Wohnblock, wieso?"

Der Psychologe lief hinaus, doch da fuhr der LKW ihm auch schon fast über die Füße und die junge schwarzhaarige Soldatin auf dem Beifahrersitz winkte ihm lächelnd zu.

„Was ist los?", rief ihm der General zu.

„Das sind sie!", schrie Horst Mirow und zeigte auf den Laster. Der fuhr nun mit Höchstgeschwindigkeit auf das offene Tor zu. Zwei Soldaten sprangen noch zur Seite um nicht überfahren zu werden, doch als der LKW das Tor zur Hälfte durchfahren hatte löste sich der Hänger mit einem Knall und blieb abrupt stehen, womit er das Tor blockierte.

„Verdammte Scheiße", schrie Horst Mirow. „Das waren sie, da bin ich mir sicher. Die haben eine Leiche abgeholt."

Einige Soldaten hatten dem LKW noch hinterher geschossen, aber nichts ausrichten können. Nun wurde versucht den Hänger aus dem Weg zu schieben, was nur langsam gelang.

„Herr General?", der zweite Mann vom ABC-Schutzteam kam angelaufen. „Das hier hab ich da drinnen gefunden." Er zeigte einen Bogen Pergament auf den wirklich kunstvoll eine Rose gemalt war, aus deren Blütenkelch zwei Tropfen Blut fielen.

Der General gab den Befehl den LKW zu verfolgen, ging aber selbst mit dem Psychologen zu dem Block, wo der LKW gestanden hatte. Die alte verrostete Tür stand noch offen und sie gingen hinunter. Auch die Klappe der alten Klärgrube stand offen.

Vor der Klappe war feiner weißer Sand ausgestreut worden in dem verschiedene Zeichen in einem Kreis gemalt waren. Nur ein Zeichen stand außerhalb und Horst Mirow erkannte, dass es gebrochen aussah. Aber was die Zeichnung bedeutete erkannte er erst nach einigen Überlegungen. Ein Kreis von Götternamen aller Mythologien aus dem sich einer entfernt hatte.

„Was war hier?", fragte der General.

„Sie konnten von dem unerlaubten Gas nichts wissen", erklärte der Psychologe. „Das Mädchen das in dem Serverraum gearbeitet hat, hat wohl gemerkt, dass sie es nicht mehr schaffen würde und hat sich für den Plan geopfert. Sie verkroch sich so, dass sie nicht gefunden werden konnte, bis die Saat des Planes aufging. Die Anderen haben sie soeben geholt."

„Warum jetzt? Warum haben sie nicht gewartet bis sich die Aufregung gelegt hat?", fragte der General.

„Wollten sie vertuschen, dass eine von ihnen Tod ist?"

„Nein, dann hätten sie gewartet. Diese Aktion galt nur ihrer Schwester. Sie konnten es nicht ertragen, dass eine von ihnen in einer solchen Grube liegt. - Was stinkt denn da so?"

„Das ist noch eine alte Klärgrube der NVA", erklärte ein Soldat, der dazu gekommen war.

„Ja", nickte der Psychologe, „Dann konnten sie es nicht ertragen. Dafür sind sie zu Eitel."

Den LKW fand ein Hubschrauber, doch von den Insassen fehlte jede Spur. Es gab nicht einmal Fingerabdrücke.

„Das war auch nicht zu erwarten", meinte Horst Mirow. „Und ich wette, der Fingerabdruck der die Nachricht gemalt hat ist bekannt. Hebe Nyx oder Madame Sylvia. Nein, die Madame wollte sich zurückziehen. Also Hebe oder Madame Gaia."

„Angenommen, die Regierung bezahlt, was würde dann geschehen?", fragte der Vizekanzler Horst Mirow.

„Ich nehme an, das würden die Damen als angemessene Kapitulation ansehen", antwortete er.

„Und wenn die Regierung eine eventuelle Zahlung vehement abstreiten würde?"

„Ich glaube nicht, dass das die Blutige Rose interessieren würde", vermutete der Psychologe. „Auch sie wollen ihre Ruhe. Diese Öffentlichkeit stört ihre Geschäfte."

„Aber sie müssen doch wissen, dass wir sie trotzdem verfolgen werden", meinte der BKA-Präsident.

„Sie wurden schon immer verfolgt. Aber etwas Anderes. Ich bin die ganze Zeit am überlegen warum der Bundeskanzler getötet wurde, in der USA aber nur ein Gebäude zerstört wurde und einige Blatt Papier gestohlen wurden. Sicher, damit hat man God's own Land gewaltig in die Eier getreten, aber hier hat die Blutige Rose gemordet und das auf die bisher spektakulärste Weise. Hat der BND dazu eine Idee?", wollte Horst Mirow von dessen Präsident wissen.

„Wir nehmen an, dass sie in beiden Fällen das System treffen wollten", erklärte Dieser.

„Sicher. Aber das funktioniert in Deutschland nicht. Bei uns ist, mit Verlaub gesagt, jeder Politiker ersetzbar. Und Bundeskanzler Hersch war in der Bevölkerung auch bestimmt nicht der Beliebteste.

Natürlich war sein Tod ein Schock, aber ich glaube langsam nicht mehr, dass das nur die Kriegserklärung war. Da wurden zwei Dinge miteinander verknüpft."

„Eine offene Rechnung?", fragte der Innenminister.

„Die hat Deutschland noch", Horst Mirow schmunzelte. „Aber in gewissen Sinne."

„Sie wollen doch nicht sagen, der Bundeskanzler ist auf einen Auftrag hin ermordet worden?", der Vizekanzler war mal wieder Außer sich. Insgeheim fragte sich Horst Mirow wie es der Mann so hoch in die Politik geschafft hatte, da er sich über alles Mögliche so aufregte.

„Wenn dem so wäre, dann bleibt die Frage offen, wer diesen Auftrag gegeben hat", sagte der Psychologe nur.

*

Die USA war bis ins Mark getroffen worden. Zuerst das Kapitol und nun ein Flugzeugträger. Das war nicht nur ein Schiff. Es war ein Symbol. Dazu noch mit dem Namen eines Präsidenten und der Neueste der großen US-Flotte. Außerdem lachte nicht nur die arabische Welt über die USA.

„Wie weit sind die Untersuchungen?", bellte der Präsident heraus.

„Unsere Experten sind entzückt", erklärte ein General sarkastisch. „Die Sprengsätze waren genau dosiert und explodierten, da sind sich alle einig, genau zum richtigen Zeitpunkt, genau auf die Sekunde abgestimmt. Die Reaktoren sind absolut unbeschädigt, ansonsten ist die USS Ronald Reagan nur noch Altmetall. Dasselbe gilt auch für die F-16, die an Bord waren. Verluste bei den Soldaten? 45 Verletzte durch die panische Flucht, aber keine Toten. Der Täter wollte keine Toten, auch da sind wir uns sicher. Wenn es die Blutige Rose war, dann haben sie mit dem Coup bewiesen, dass sie jeden Geheimdienst und jede Spezialeinheit schlagen. Die würde ich gerne als Einheit haben. Wir sind zwar noch dabei die Männer und Frauen zu befragen, aber keiner hat den oder die Täter gesehen. Die sind rein und wieder raus. Wahrscheinlich hatten die nicht mal Zeit sich einen Kaffee zu klauen."

„Darüber macht man keine Witze!", schrie der Präsident.

„Es wurde kein Bekennerschreiben gefunden?", fragte ein FBI-Agent nachdenklich, ihn übergehend.

„Die Ausführung weist auf die Blutige Rose hin. Aber ich nahm wirklich an, sie hinterlassen eine Botschaft."

„Das Schiff ist Groß, vielleicht haben wir es nur noch nicht gefunden?", überlegte der General.

Über eine abhörsichere Leitung meldete sich der Oberst, der die Untersuchung leitete. „Es war die blutige Rose", meldete er. „Im Tresor des Schiffes fanden wir eine Pergamentrolle, die eine blutende Rose zeigt."

„Im Tresor?", der FBI-Mann schmunzelte. „Langsam bekomme ich wirklich Respekt vor diesen Mädchen. Von denen hätte ich auch gerne welche in meinem Team."

„Die haben uns einen Zig-Milliarden-Teuren

Flugzeugträger versenkt", schrie der Präsident. „Das ist faktisch ein kriegerischer Akt gewesen."

„Und auch ganz Real", nickte der FBI-Mann ungerührt. „Wir haben ihre Dienste in Anspruch genommen und sie versetzt. Herr Präsident, das ist kein Diktator, den die CIA nach belieben manipulieren kann. Diese Damen kennen das Spiel schon länger als es die USA überhaupt gibt und nach meiner festen Überzeugung schlagen die jeden Geheimdienst um Längen. Wie sagte Horst Mirow aus Deutschland? Wir haben versucht die Hölle zu bescheißen und nun ist der Teufel sauer. Ich habe echte Angst vor ihrem nächsten Schlag."

„Wie sieht das der CIA und was hat der NSA?", Die Stimmung des Präsidenten war auf dem Siedepunkt.

„Die NSA hat nichts", erklärte deren Vertreter. „Wir wissen nicht wie sie kommunizieren."

„In der Geschichte haben schon viele Länder versucht Agenten in die Struktur der Blutigen Rose einzuschleusen. Aber das gelingt auf Grund ihrer Art nicht. Die Frauen werden schon als Babys rekrutiert und dann systematisch ausgebildet", trug der CIA-Chef vor.

„Aussteiger?", fragte der General.

„Die werden sie wohl in Fundamentsteinen großer Gebäude finden", vermutete der FBI-Mann schmunzelnd. „Das die beiden Frauen in Deutschland gefunden wurden? Ich nehme an, sie wollten gefangen genommen werden. Wie sich gezeigt hatte, fing damit alles an. Ich habe aus Deutschland die Information, dass die beiden sich in Berlin ein Duell geliefert haben bevor es um die nicht bezahlte Rechnung ging."

„Aber sie brauchen Lieferanten", meinte der General. „Kommt man über die nicht an die Weibsbilder?"

„Auch von denen wird Keiner reden", sagte der FBI-Mann. „Selbst wenn sie wüssten wen sie beliefern. Aber ich denke nicht, dass die Frauen es ihnen auf die Nase binden."

„Wir werden diese Bestien ausrotten", nun schrie der Präsident richtig, stand aber auf und ging.

„Auch wenn ich nicht glaube, dass sich das mit den Plänen der Damen deckt, wir haben den Präsidenten gehört", meinte der FBI-Chef. „Alle Spuren müssen wieder und wieder geprüft werden."

*

„Die Deutsche Regierung hat bezahlt", erklärte Madame Frigga.

„Damit können wir die anstehende Aktion abbrechen", meinte Madame Amaterasu nickend.

„Die haben aber einen sehr schlauen Psychologen in ihren Reihen", die Alte Dame schmunzelte. „Er vermutet, dass der Bundeskanzler auf Anfrage getötet wurde."

„Wie ich sagte, Herr Mirow ist sehr klug", bestätigte Madame Sylvia.

„Ja, das ist er", stimmte eine Weitere zu. „Aber was ist nun mit den USA?"

„Sie weigern sich vehement", meinte Madame Sylvia enttäuscht „Der Präsident ist dabei wohl die treibende Kraft."

„Was haben wir über den Mann?", fragte Madame

Gaia.

„Ich habe schon zwei Mädchen an die Rechner gesetzt", antwortete Madame Frigga. „Sie stellen so eben ein Profil zusammen. Aber Sylvia, kannst du den Auftraggeber in Berlin im Auge behalten? Ich habe seiner Zeit schon Bedenken angemeldet, doch jetzt scheinen die sich zu bewahrheiten. Der Klient wird die vereinbarte Verschwiegenheit nicht einhalten."

„Ich lasse den Klienten überwachen", sagte Madame Sylvia zu. „Sollte es sich bewahrheiten, wird eine Rose weinen."

Die Alte nickte zufrieden.

*

In Berlin beruhigte sich die Lage und der Bundestag wählte den neuen Bundeskanzler. Hubert Gmayr war ein Mann, über den zwar gewitzelt wurde, er müsse erst noch Deutsch lernen, aber der Bayer war im Volk wegen seinem hintergründigen Witz und seiner Bodenständigkeit mächtig beliebt.

Das BKA und die Geheimdienste suchten aber natürlich immer noch nach der Blutigen Rose. Doch die war wie vom Erdboden verschluckt.

*

Horst Mirow machte sich über die Frauen seine eigenen Gedanken. Langsam wurde der Orden für ihn zu einer fixen Idee wie er selbst merkte. Sie faszinierten ihn. So ging er noch einmal sämtliche Fälle durch. Seine Frau, die sonst versuchte seine

Arbeit aus dem Haus zu halten, unterstützte ihn nun plötzlich. Auch sie war von dem Orden angetan. Gemeinsam untersuchten sie nun auch die Briefe, die angeblich die Aufgaben enthielten, die Madame Sylvia und Hebe Nyx zu verrichten hatten.

Beide lagen noch im Bett und sahen sich alles an.
„Der älteste Trick im Hut", lachte Horst Mirow plötzlich. Seine Frau sah ihn fragend an.
„Wenn du etwas verstecken willst, dann stelle es jedem vor die Nase", erklärte er mit Lachtränen in den Augen. „Die Umschläge sind der Schlüssel. Sieh dir mal die Klebestreifen an."
Seine Frau tat es und erkannte ebenfalls was ihr Mann meinte. „Die haben aber eine komische Schrift", fand sie, als sie es versuchte zu entziffern.
„Ich nahm auch nicht an dass sie es auf Tonband gesprochen haben, Schatzi", er küsste sie auf die Nase. „Da muss ich mal das Internet durchsuchen."
„So Nackig?", fragte sie kichernd, als er aus dem Bett sprang. „Nicht dass dir eine böse Seite etwas wegguckt."
„Dafür müsste ich eine Webcam haben", erklärte er lachend und ging ins Wohnzimmer.
Tatendurstig schaltete er den Rechner an und suchte nach Geheimschriften.

*

Nicht nur das Profil des amerikanischen Präsidenten wurde in der neuen Zentrale der Blutigen Rose erstellt. Genauso der Besitz der USA, beschlagnahmte Güter und eingelagerte Werte eingerechnet.

„Gegeneinander aufgerechnet ist die USA pleite", erklärte ein Mädchen fröhlich. „Nicht nur das, sie sind bis über die Ohren verschuldet."

„Was kein Grund ist, gerade bei unserer Rechnung zu sparen", fand Madame Amaterasu.

„Aber sie haben einige Werte, von denen sie dem Volk nichts erzählen", sagte ein Mädchen von etwa 12 Jahren. „Wir haben eine Liste mit Werten und deren Lagerorten aufgestellt."

„Wunderbar", lobte die Madame. „Nun hinaus und Sport gemacht. Ihr sitzt sonst morgen noch an den Bildschirmen."

Die Mädchen standen kichernd auf und liefen hinaus. Madame Amaterasu sah ihnen hinterher. Sie freute sich, dass sich Phönix wieder gefangen hatte und nun doch ein vollwertiges Mitglied des Ordens wurde.

„Chantico bittet nach Hause kommen zu dürfen", riss Madame Frigga sie aus ihren Gedanken.

„Ja, ich hatte auch schon mit Gaia darüber gesprochen", sagte Madame Amaterasu. „Sie ist schon so lange aus unserer Gemeinschaft gerissen. Außerdem ist ihr Auftrag beendet."

„Ich weiß", nickte die Alte. „Tutorin Ceres hingegen wäre erfreut in den Beobachtungsdienst versetzt zu werden."

„Das kann ich mir vorstellen", Madame Amaterasu lachte. „Doch-, ich denke, wir sollten die Beiden durchtauschen."

„Gaia wird für Ceres einen Platz finden", sagte Madame Frigga. „Chantico holen wir ohne Aufsehen nach Hause. Wie weit sind wir mit den USA?"

„Die Mädchen haben die Aufstellungen fertig. Also sollten wir uns zusammensetzen und sehen wie wir unser Wissen umsetzen", erklärte Madame Amaterasu.

„Wie wir wissen, werden die USA nicht freiwillig bezahlen", berichtete Madame Amaterasu im großen Saal. „Ich für meinen Teil bin der Meinung, dass wir deshalb den Dienst den wir ihrem Präsidenten geleistet haben annullieren."
„Schon weil er ihn nicht zu würdigen weis", fand auch Madame Sylvia. „Seine Saat ging nicht auf, obwohl wir ihm alles an die Hand gegeben haben. Er vermochte es trotzdem nicht, seinen Kandidaten auf den deutschen Posten zu setzen."
„Weil der dafür nicht geeignet war", Madame Frigga lachte auf. „wer käme auch auf den Bolzen Voges zum deutschen Bundeskanzler zu machen. Der Mann hat in der Politik nicht mal was zu suchen."
„Aber er ist nun einmal ein Freund der USA", auch Madame Gaia schmunzelte. „Das zählt bei denen mehr als Kompetenz."
„Vernichten wir Beide?", wollte eine andere Madame wissen.
„Ich finde, wir sollten Deutschlands Bürgern den Dienst kostenlos gewähren", meinte Madame Amaterasu. „Immerhin bieten sie uns ein wohliges Heim."
Die Madams stimmten ab und nahmen den Vorschlag an.
„Nun bleibt der Punkt der offenen Rechnung", sagte Madame Frigga.
„Die USA gehen sträflich mit den Werten um, die sie

noch besitzen", fand Madame Sylvia, die sich die Wertposten noch einmal durchsah. „Wir brauchen nur zuzugreifen."

„Nur das was uns zusteht", ermahnte Madame Frigga. „Natürlich werden unsere Auslagen der Rechnung angehängt."

So reiste eine Gruppe unter der Leitung von Madame Amaterasu in die USA.

Erstaunt stellten sie fest dass das Heimatschutzministerium zwar die Kontrollen Landesweit fast ins Sinnlose verschärft hatte, aber diese doch nicht geeignet waren ernsthafte Anschläge auf ihr Land zu verhindern.

Die fünf kamen also ohne ernstzunehmende Probleme ins Land.

„Du musst nur richtig Religiös daher kommen", meinte Belisama schmunzelnd. Wie auch die anderen war sie züchtig gekleidet.

„Aber auch die werden überwacht", warnte Madame Amaterasu. „Deshalb ist Vorsicht geboten."

„Natürlich", versicherte das Mädchen ernst.

Schon in der Nacht starteten sie ihren Einsatz. Diesmal galt ihr Angriff einer Bank in New York. Die amerikanische Regierung lagerte hier Wertgegenstände mit denen sie, ohne damit in Verbindung gebracht werden zu können, andere Regierungen unterstützte. Aber auch Personen bezahlte sie, die bestimmt nicht zu Dinerpartys eingeladen wurden.

Aber die Banken hatten aufgerüstet. In einem Land wo die Schere zwischen Armut und Reichtum immer weiter auseinander ging, musste ein Geldinstitut so vorgehen.

Belisama und Phönix erkannten die Sicherungsmaßnahmen auch neidlos an, doch ihre Ausbildung war perfekt. Phönix als begnadete Hackerin drang in das System ein und überbrückte es vorsichtig, aber doch gekonnt.

Als sie das Zeichen gab, dass sie fertig war, schlichen sich die Anderen in das Gebäude. Phönix lotste sie vom Auto aus zu den Schließfächern. Hier war nun Belisama gefragt. Wenn es um Sprengstoff ging, dann gab es niemanden, der ihr das Wasser reichen konnte. Nahezu lautlos und erschütterungsfrei öffnete sie die Schließfächer, über die man wusste, dass sie vom Staat gemietet waren.

Madame Amaterasu besah sich Edelsteine in einem der Schließfächer und suchte aus ihnen Steine heraus, die Problemlos zu verkaufen waren. In anderen Fächern lag Geld. Sachmet sah sich die Seriennummern durch und warf einige Stapel verächtlicht zur Seite. – Falschgeld. Andere packte sie wieder zurück, da sie in den Listen des FBI und der CIA auftauchten. Nur bestimmte Stapel fanden ihr Wohlwollen.

Aber auch besonders schöne Wertgegenstände, die wohl Drogendealern abgenommen worden waren fanden einen neuen dankbaren Eigentümer.

Die Vier arbeiten schnell, lautlos und sehr gewissenhaft. Als sie die Bank verließen gab es auf den ersten Blick keine Anzeichen, dass hier überhaupt jemand gewesen war. Phönix löste ihre Verbindung aus dem Sicherheitsnetz der Bank und sie verschwanden in der Nacht.

„Nun der zweite Teil", sagte Madame Amaterasu.
Mit dem Zug ging es nach Washington.
„Fliegen ist nur den Engeln und den Dämonen eine
wahre Freude", erklärte die Japanerin dem
Angestellten am Schalter. „Menschen, die mehr
fliegen als es unbedingt erforderlich ist, sind Eitel."
Eitel war die Frau bestimmt nicht, dachte der
Angestellte. Nicht nur die Kleidung war von
Vorgestern. Auch sonst hatte aus dieser Gruppe
niemand etwas von moderner Kosmetik gehört. Die
Kleidung roch nach billigster Seife und die
Fingernägel waren wohl mit der Heckenschere
geschnitten, mit der auch die Haare auf
Nackenlänge gebracht waren. Einen Blick auf die
Liste er gesuchten Mädchen und Frauen konnte er
sich hier sparen.
Im Zug las die Japanerin den jüngeren Frauen aus
der Bibel vor.
Ein FBI-Agent, der mitfuhr vermutete deswegen
Fanatiker und lächelnd stellte er sich als Referent
Carson vor.
Als der Zug New York verlassen hatte unterhielt er
sich mit den Frauen über Politik in Verbindung mit
dem Glauben der Frauen.
„Nein, Referent", erklärte Belisama dem Prediger.
„Der gute Herr Jesus hat doch gesagt, gebt dem
Kaiser was des Kaisers ist und Gott was Gottes ist.
So wäre es doch eine der schwersten Sünden
Gottes Sohn gegenüber, wenn der Mensch gegen
die Regierung kämpft."
Die anderen pflichteten ihr bei.

Nach einiger Zeit war sich der Agent sicher es mit harmlosen Spinnerinnen zu tun zu haben und so verabschiedete er sich höflich aber schnell.

In Washington sah er sie den Zug verlassen und sich gleich mit einem Penner unterhalten. Höflich boten sie ihm an ihm ein Essen zu bezahlen.
‚Arme Spinner', dachte er schmunzelnd. Aber wer so verklemmt und hässlich ist musste wohl in einer solchen Sekte enden.

*

Als die Mädchen das Badezimmer der unterirdischen Villa verließe sahen sie überhaupt nicht mehr wie armselige Spinner aus. Hübsch und gut gekleidet trafen sie sich im Salon um ihr Vorgehen zu besprechen.
„Das Triumvirat wünscht dass der Präsidenten in 2 Wochen aus seinem Amt ist und auch in der Wirtschaft keine Anstellung mehr bekommt", erklärte Madame Ameterasu. „Auch seine Familie wollen wir vernichtet sehen."
„Das wird eine interessant Aufgabe", freute sich Belisama.
„Schon deswegen, weil wir dabei auch gegen die Hörigkeit der Presse, das Weißen Haus betreffend, kämpfen müssen", pflichtete Ausrine ihr bei.
„So ist es", bestätigte die Madame. „Deshalb werden wir das Ganze sehr genau planen müssen."
Als die Gruppe den Plan erstellt hatte wussten sie dass sie dafür auch Tutorin Nyx benötigten und so ließ man sie einfliegen.

Die Einreise hatte Phönix möglich gemacht und dafür war sie nicht nur von Madame Ameterasu gelobt worden. Das gesamte Triumvirat zollte dem meisterlichen Hack seine Bewunderung. Die Zwölfjähriege hatte es alleine geschafft eine Amerikanerin zu erschaffen. So hatte Samanta River schon eine eigene Wohnung, eine Versicherungsnummer und selbst einen Führerschein als sie durch den Zoll kam. Auch dass sie als Studentin in der renommierten Georgetown-Universität war, hatte das Mädchen hinbekommen und das Ganze in nicht einmal 2 Tagen.

Doch Tutorin Nyx fand sich zuerst in der unterirdischen Villa ein, wo sie von den Anderen begrüßt wurde und Madame Ameterasu sie über die Sachlage informierte.

Zusammen mit Phönix studierte Nyx die offiziellen und auch die inoffiziellen Pläne des weißen Hauses. Aber auch die der privaten Villa und der Wohnungen der beiden Kinder.

„Was haben wir denn aus der Vergangenheit der Vier?", fragte Madame Ameterasu, als sie dazu kam.

„Bolden hat seine Vergangenheit mächtig gut verschleiert", antwortete Phönix. „Ich musste dafür die Archive kleiner Zeitungen durchsehen und mit Ausrine zusammen auch die Foren von Verschwörungstheoretikern ausfiltern. Deshalb stimmen bestimmt so einige Details nicht."

„Und wenn wir auf der Basis davon eine neue Vergangenheit kreieren?", überlegte die Madame.

„Wäre machbar", nickte Nyx. „Aber dann müssen

wir durch das halbe Land um Spuren zu legen."

„Gut. Diese Aufgabe ist unsere Letzte in dieser Dekade und sie soll ein Meisterwerk werden. Ich fordere noch Mädchen an", sagte Madame zu.

„Sehr schön. Ich werde einmal sehen ob ich nicht in den privaten Unterlagen der Familie Fakten finde. Das wird für Phönix gleichzeitig eine gute Ausbildung", fand Nyx.

„Seid aber vorsichtig. Phönix hat im Außendienst keine Erfahrungen", warnte Madame Amaterasu.

Phönix war begeistert, ließ sich aber auch jeden Schritt genau erklären, da sie auch Angst hatte.

Das erste Ziel war das Weiße Haus und das war eine Festung. Aber Nyx war hier in ihrem Element.

Phönix konnte immer wieder nur staunen wie traumwandlerisch die Tutorin es schaffte sich an schwer überwachten Bereichen vorbei zu schmuggeln. Sie selbst half natürlich tatkräftig in dem sie sich in die Überwachungsanlagen einklinkte und diese manipulierte.

Aber so brauchten die Beiden fast einen ganzen Tag, den sie in dem doch sehr großen Komplex verbrachten.

„Tutorin Nyx hat ja gar keine Angst", berichtete Phönix, als sie zurück in der Villa waren. „Wo wir überall waren? Einmal hätte ich dem Außenminister fast die Schuhe putzen können."

„Aber wir haben einige Fakten", erklärte Nyx. „Nun geht es nach New York."

Natürlich war auch die Wohnung von Boldens Tochter gut gesichert und überwacht. Aber Nyx und

Phönix arbeiteten schon fast perfekt zusammen.

*

Gleichzeitig waren drei weitere Teams in den USA unterwegs und bereiteten den Schlag vor, was eine Woche dauerte.

Immer wieder wurden sie durch den übersteigerten Sicherheitswahn, der nun in den USA herrschte aufgehalten, aber stoppen konnte der sie nicht.

*

„Und nun verbreiten wir die erste Panik", erklärte Madame Gaia, als alle wieder zurück waren. „Phönix, lasse uns die USA so verlassen dass es Spuren gibt."

„Gerne, Madame", Phönix nahm sich ihren Laptop und bäuchlings auf einem weichem Fell auf dem Boden liegend tippte sie, ließ sich aber auch immer wieder helfen. So war sie nach einer Stunde fertig. „Zehn von uns verlassen morgen das Land. Aber jetzt kommt es auf die Sicherheitskräfte an. Wenn die zu dämlich sind war alles umsonst", erklärte sie.

„Ich denke, die finden mindestens einen ‚Fehler', den wir gemacht haben", war sich Madame Amaterasu sicher, nach dem sie sich alles zusammen mit Madame Gaia angesehen hatte.

Gespannt sahen die Blutigen Rosen zu und besonders Phönix freute sich gewaltig als der Plan aufging.

Die USA verfolgten plötzlich vier Flugzeuge, die in alle Welt unterwegs waren. Und das mit panischer

Hektik. Doch immer fanden sie nur unbescholtene und auch behinderte Mädchen und Frauen. Nicht eine entsprach dem Bild, das man von den Mitgliedern der blutigen Rose, hatte.

Die Mädchen, die die USA wirklich verließen, taten das aber schon fast frech öffentlich, wurden deshalb aber nicht entdeckt.

„Nun zu Schlag Zwei", meinte Madame Amaterasu. „Geben wir die Dateien frei."

Phönix und Ausrine ließen nun diversen Sendern und Zeitungen Informationen zukommen, wobei die Hälfte davon ins Ausland ging.

Bolden hatte guten Grund gehabt seine Vergangenheit zu tarnen. Nicht dass er wirklich kriminell gewesen war, aber seine Art Geld zu verdienen gehörte nicht zur feinen christlichen Art.

So erreichten die Mädchen was sie wollten, nämlich dass sich Landesweit die fundamentalistischen Christen mächtig laut aufregten und schon nach dem Rücktritt des Präsidenten riefen.

„Sieht doch gut aus", fand Ausrine amüsiert. „Da wettern Zeugen Jehovas, Mormonen und Katholiken um die Wette."

„Wird aber nichts bringen", war sich Phönix sicher.

„Alleine nicht", gab Tutorin Nyx zu. „Aber wir haben noch ein paar kleine Bömbchen die wir zünden."

Die Nächste waren Details über Boldens Frau und die sexuellen Vorlieben der Beiden. In anderen Ländern hätte das vielleicht für eine Woche amüsanter Schlagzeilen gereicht, in den USA sah das anders aus. Hier regte man sich gewaltig auf als bekannt wurde dass die First Lady für sich und ihren Mann schon mindestens zwei Mal farbige Prostituierte gemietet hatte. Außerdem hatte Frau Bolden in ihrer Jugend die Bibel wohl nicht einmal aus dem Augenwinkel angesehen. Auf unergründlichen Wegen hatten Polizeiberichte den Weg in die Redaktionen geschafft, nach denen die Dame in ihren jungen Jahren so einige Male wegen Alkohol in Gewahrsam genommen worden war und außerdem an sehr schlüpfrigen Wettbewerben teil genommen hatte.

Die Tochter der Beiden war auch kein Kind von Traurigkeit. In ihrer Wohnung in New York ging es wohl immer einmal wieder hoch her. Und zwar so dass die Polizei nicht nur einmal Gäste mitgenommen hatte, die zwar schon fahren durften, dass aber unter Alkoholeinfluss obwohl sie eben für Alkohol zu Jung waren.

*

Moralisch war die Familie so schon nach 1 ½ Wochen im Keller. Doch natürlich reichte das nicht um den Präsidenten abzusetzen. Dafür brauchte es weit stärkere Geschütze. Aber das war auch der Blutigen Rose bekannt und so verlängerte das Triumvirat die Zeitspanne.

Doch das Fundament war gelegt und es hielt, wie man in der unterirdischen Villa in Washington mit Genugtuung sah. Die Zeitungen brachten nun immer neue Details aus der Vergangenheit der Präsidentenfamilie.

„Nun gilt es, den letzten Schritt zu machen", sagte Madame Amaterasu. „Setzen wir den Todesstoß."

Dafür galt es wieder in das Weiße Haus zu kommen, was Tutorin Nyx aber traumwandlerisch schaffte. Dieses Mal begleiteten Kali und Belisama sie.

Den Augenblick in dem sie in die Zentrale der amerikanischen Macht eindrangen hatten sie genau gewählt, denn an diesem Abend war die Präsidentenfamilie zu einem Empfang.

Nyx war ja schon eine Meisterin was Gifte betraf, aber als sie Tutorin Kali bei der Arbeit sah konnte sie nur staunen. Die Inderin arbeite mit einer kleinen Apothekerwaage um wirklich genau zu dosieren, während Nyx und Belisama den Rest vorbereiteten.

Als alles angebracht war überprüften sie zu Dritt noch einmal alles um dann wieder so lautlos zu verschwinden wie sie gekommen waren.

Noch in der Nacht reisten die Drei weiter nach New York um auch hier ihr Werk zu verrichten.

Als die Sonne aufging legten sich die Mädchen hinten im LKW in die Betten um auf dem Weg nach Kansas zu schlafen.

Denn auch in der Villa der Bolden hatten sie zu arbeiten.

Die Früchte ihres Werkes zeigten sich aber erst als sie wieder zurück in Washington waren. Denn nun löste Phönix die Sperren, die Belisama eingebaut hatte.

„Und was geschieht nun?", wollte die Hackerin

wissen.

„Nun, mein Engelchen, nun wird der Herr Präsident sich selbst aus dem weißen Haus reden", verriet Tutorin Nyx ihr.

*

Sicher, Präsident Bolden war unter seinen engsten Bekannten für seine doch recht ‚bodenständige' Unkenntnis von vielen Dingen bekannt. Aber dadurch dass er zwei Experten für seine Reden hatte war das in der Öffentlichkeit nicht wahrgenommen worden.

Als der Präsident aber sein Volk beruhigen wollte und versicherte dass man der Blutigen Rose auf der Spur war staunten nicht nur gebildete Bürger. Auf einmal lag der Flughafen von Washington in New York und der Außenminister hieß, was wohl auch ihn verwunderte, Henry Alfred Kissinger.

Auch sonst erschien Präsident Bolden irgendwie nicht ganz bei der Sache.

Ähnlich verhielt er sich am folgenden Tag als er den französischen Präsidenten zu Besuch hatte.

Vor dem amerikanischen Volk versuchte man es zu verbergen, aber im Weißen Haus trafen noch am Abend drei Ärzte ein um den Präsidenten zu untersuchen.

„Und was hat er?", fragte der Vizepräsident beunruhigt.

„Um eine genau Diagnose zu stellen müssten wir den Präsidenten im Krankenhaus untersuchen", erklärte der leitende Arzt. „Aber das würde Aufsehen erregen."

„Wir werden Mr. Bolden heimlich hinschaffen", versicherte der Vizepräsident.

Doch das gelang auf der ganzen Linie nicht. Nicht nur das die Presse das Gelände gut überwachte, auch im Krankenhaus wurde der Präsident fotografiert. Ja, selbst als man ihn in den CT schob wurde er abgelichtet und die Bilder waren am nächsten Morgen in den Zeitungen und im Fernsehen.

Abgesehen davon dass die Presse sich ihre eigenen Gedanken machte war die Diagnose vernichtend.

„Mr. Bolden hat zwei Tumore im Gehirn, die wir aber nicht entfernen können, da sie zu dicht an lebenswichtigen Bereichen wuchern", berichtete der Arzt bei einer Besprechung im Weißen Haus. „Doch die beiden Tumore beeinflussen seine Fähigkeit klar zu denken."

Im weißen Haus beratschlagte der Krisenstab noch was zu tun sei als Bilder der First Lady aus Jugendtagen auftauchten auf denen sie mit einem Joint in Begleitung mindestens eines späteren Schwerverbrechers zu sehen war.

Außerdem wurde ein wirklich streng gehütetes Geheimnis heraus geplaudert: Bob, der Sohn des Präsidenten war mehr als nur ein guter Freund von Daniel Harrow, dem bekennenden schwulen Rocksänger.

„Uns bleibt keine andere Wahl", erklärte der

Außenminister. „Wir haben die USA zu schützen. Also greifen hier die Bestimmungen der Verfassung die eine Amtsenthebung aufgrund des Gesundheitszustandes des Präsidenten vorsieht."

„Ich denke auch", stimmte der Vizepräsident zu. „Ich werde den Kongress einberufen."

Natürlich wehrte sich die ganze Bolden-Familie gegen die Vorwürfe, aber das amerikanische Volk war noch immer vom Angriff der Blutigen Rosen auf ihr Land geschockt. Besonders weil die Presse den Präsidenten fallen ließ und nun auch über die Hintergründe berichtete. Nämlich dass Amerika die Befreiung der Kinder aus Terroristenhänden nicht selbst bewerkstelligen konnte und dann die Blutige Rose nicht bezahlt hatte.

*

„Wir werden noch eine Zeit die Untersuchungen am Präsidenten überwachen. Aber ich denke, wir haben eine wundervolle Arbeit gemacht", freute sich Madame Amaterasu als auch die letzten Mitglieder des Ordens wieder zurück in der Zentrale waren. „In wenigen Monaten wird das Triumvirat versteckt bekannt geben was geschehen ist. Doch die Familie ist politisch tot. Kali, aber nun verrate mir was du in die Wasserleitungen eingebaut hast."

„Nun. Nur im weißen Haus gab es das eigentliche Halluzinogen, aber eben nur im Badezimmer des Präsidenten. In die anderen Häuser haben wir einen Blocker eingebaut. Wir mussten ja verhindern dass alle auf einmal verrückt spielten.

Problematisch war Frau Bolden, aber da die zurzeit als wir die Kapseln geöffnet hatten in ihrer Privatvilla war, klappte es. Davor war wichtig dass wir alle Lokalitäten gut kannten und dass in den relevanten Krankenhäusern auch die richtigen Programme in den Computertomographen waren. Phönix hat dabei einfach wundervoll gearbeitet. Das Gift wird jetzt noch etwa ein Jahr im Ex-Präsidenten wirken, bevor es sich auflöst."

„Und wenn er einen guten Arzt findet?", fragte Belisama nach.

„Muss der ganz genau wissen wonach er sucht. Bolden nimmt bestimmte Medikamente und diese überlagern das Muster des Giftes. Frau Bolden nimmt ähnliche und die Kinder versuchen sich immer wieder einmal an Koks. Also besteht keine akute Gefahr", versicherte die Inderin. „Doch, der Auftrag hat wirklich Spaß gemacht."

„Dann ist unsere Arbeit getan und wir schließen die Auftragsbücher sobald Chantico zu Hause ist", beschloss Madame Frigga zufrieden.

*

Horst Mirow hatte lange gebraucht, die Nachrichten, die er noch von dem Wettbewerb hatte, zu entschlüsseln. Auch wenn die blutige Rose sich völlig zurückgezogen hatte, so wollte er die Aufgaben doch erfahren. Schon um zu sehen wie ein solcher Orden seine Wettkämpfe austrug.

Stolz zeigte er das Ergebnis seiner Frau.

„Ich wusste doch, dass ich einen ganz schlauen Mann geheiratet habe", sagte sie voller Lob. Horst

Mirow streichelte ihr verliebt den schwangeren Bauch, der sich nun gut wölbte.

„Und wie sahen die Aufgaben nun aus?", fragte sie.

„Madame Sylvia hatte die Aufgabe die Baronin zu Hergingen Gesellschaftlich fertig zu machen und ihr außerdem noch ein Viertel ihres Vermögens abzunehmen. Teil 1 hat sie ja geschafft, aber ich weiß nicht wie sie den Zweiten Teil hinbekommen hat.

Hebe Nyx hatte die Aufgabe den Teppich zu stehlen, wobei dieser Diebstahl 2 Tage unentdeckt bleiben musste.

Die Frau des Industrieellen sollte so sterben, dass ihr Mann wegen großer krimineller Energie verschärft verurteilt wird. Den zweiten Auftrag an Hebe Nyx verstehe ich nicht ganz. Demnach sollte eine kriminelle Organisation für einen Mord verantwortlich gemacht werden und damit eine politische Krise auslösen. Allerdings ist das Opfer nur mit einem Zeichen genannt."

„Madame Sylvia hat der Baronin ein falsches Kollier verkauft", erklärte ihm seine Frau, „und dass das Opfer von Hebe Nyx nur mit einem Zeichen benannt war? Das süße Luder kannte ihn. Das Opfer trug eine Tätowierung."

Horst Mirow sah seine Frau einfach nur ungläubig an. Als er sie fragen wollte woher sie es wusste hatte sie ihm die Hand an den Hals gelegt und er spürte einen winzigen Stich. Nun sah er sie erschrocken an.

„Nein, Horst", sie küsste ihn, hielt seine Hände aber stramm auf den Armlehnen des Stuhles fest. „Niemals würde ich dir etwas antun. Du warst mir all diese Jahre ein wundervoller Mann. Aber es ist an der Zeit wieder nach Hause zu gehen. Morgen Früh wird es dir wieder Gut gehen."

Horst Mirow wurde es immer Schwindeliger und er sackte zusammen. Doch noch immer rotierten die Gedanken in ihm wie ein Wirbelwind. Seine Frau? Eine blutige Rose? Warum hatte er nie etwas gemerkt? Diese liebevolle Frau? Er spürte wie sie ihn zum Sofa brachte und auch noch sanft zudeckte.

Chantico küsste ihn noch einmal und ließ Phönix durch den Hintereingang herein. Mit geübten Fingern löschte die sämtliche Daten, die Horst angelegt hatte. Sie wusste wie man das tat, damit diese nicht wieder hergestellt werden konnten. Danach gingen sie Beide in die Waschküche und deinstallierte das kleine Funkgerät bevor Phönix wieder verschwand.

Nun galt es für Chantico noch ihren eigentlichen Auftrag zu erledigen und dann durfte sie endlich nach Hause. Sie freute sich schon auf die zärtlichen Hände von Amaterasu.

*

Innenminister Voges verließ das Haus eines Freundes. Noch immer war er wütend. Wie er seinem Freund groß und breit erklärt hatte saß nun jemand auf dem Posten des Bundeskanzlers, der da nun wirklich nichts zu suchen hatte. Ein Mann, der sich lieber mit Frankreich und sogar mit Russland und Japan unterhielt als mit der

Weltmacht USA den festen Schulterschluss zu suchen. Was ihn richtig fuchste, der Mann war Schnurstracks an ihm als Kandidat vorbei geschossen. Auf den Thron gehievt von politischen Blindgängern. Die USA hätte Deutschland wieder zu dem machen können was sie einst war. Vielleicht nicht zur politischen Weltmacht, aber doch zu einem Land, dass in Kultur und Wirtschaft ein Glanzlicht war.

Entgegen der Warnungen des BKA war der Minister ohne polizeiliche Bewachung gefahren. Was sollte denn auch schon geschehen? Er stand in keiner Schusslinie mehr. Sicher, wenn er in den nächsten Tagen durchsickern lassen würde, dass Deutschland vor Frauen auf die Knie gegangen ist, dann würde man wohl wütend auf ihn sein. Man würde ihn dann vielleicht von seinem Posten schmeißen, was ihn nicht mehr interessierte und doch war Deutschland zu weich geworden um jemanden liquidieren zu lassen.
Er fuhr mit seinem Porsche los. Wie meistens, wenn er abends von seinem Freund kam, fuhr er über die AVUS. Die Strecke war um diese Zeit soweit leer, dass er seinem Porsche die Sporen geben konnte. Drei Strafzettel hatte er deswegen schon bekommen. Auch diesmal trat er wieder auf das Gaspedal.
Doch dann meldete sich sein Telefon. Grummelnd ging er ran, ohne die Geschwindigkeit zu drosseln.
„Guten Abend Herr Minister", meldete sich eine Frauenstimme. „Wenn sie den Film Speed kennen, sollten sie wissen wie sie sich jetzt verhalten sollten.

Fällt ihre Geschwindigkeit unter 100 Stundenkilometer löst das nämlich einen wundervollen Feuerball aus."

„Wer sind sie?", schrie der Minister panisch.

„Meinen Namen werden sie nicht kennen. Aber ich wurde beauftragt der Bundesregierung ein wenig Ärger von den Schultern zu nehmen. Nämlich sie. Dieses Mal nimmt die blutige Rose nicht einmal Geld", erzählte die Frau im Plauderton. „Nicht bremsen. Wer bremst verliert", lachte sie und legte auf.

Innenminister Voges schwitzte wie er noch nie geschwitzt hatte. Er glaubte der Frau jedes Wort.

Schreiend hupte er, als vor ihm jemand ausscherte und die linke Bahn blockierte. Instinktiv wollte er ausweichen. Doch dabei verriss er das Lenkrad und streifte die Leitplanke. Die schleuderte den Sportwagen wieder zurück auf die Straße, wo der sich überschlug und in den Hänger eines LKW rammte. Von dem weiter geleitet schlug der Wagen in den Graben, hob ab und schmetterte in einem alten Baum.

„Ups", Chantico kicherte als sie in einem Volvo an der Unfallstelle vorbei fuhr. „Wer konnte sich denn da nicht an die Verkehrsregeln halten?" Gleichzeitig schaltete sie das Handy ganz aus. Von ihrem Mann und Klaus Aldig hatte sie erfahren, dass sämtliche Telefone der Politiker überwacht wurden, um Drohanrufe der blutigen Rose mitschneiden zu können. Denn auch wenn sich der Orden nicht mehr zeigte, man hatte gewaltige Angst vor ihm. Sie fuhr weiter und als sie über die Brücke fuhr flog das Handy in die Spree.

Am nächsten Morgen fand man den Volvo von Frau Mirow auf dem Rastplatz Hollenstedt. Horst Mirow und Klaus Aldig landeten mit einem Hubschrauber und sahen der Spurensuche zu. Auf dem Sitz lag eine weiße Rose in deren Blüte einige Tropfen Blut waren und auf das Lenkrad war ein Brief geklebt. Horst Mirow ließ sich den Umschlag geben. Als einer der Beamten auf eventuelle Spuren hinwies lachte er bitter auf. „Wenn sie Spuren brauchen? Mein Haus ist voll mit ihren Fingerabdrücken." Er öffnete den Brief und Klaus Aldig las den Brief mit.

Chantico dankte darin noch einmal für die schönen Jahre, erklärte aber auch dass sie sich nach den zärtlichen Lippen von Madame Amaterasu sehnte. Darunter befand sich dann eine Liste, was man vermeiden sollte, wenn man fremdging.

Allerdings auch die Versicherung, dass seine Frau es ihm nie Übel genommen habe.

Horst Mirow musste schmunzeln und Klaus Aldig sah ihn fragend an.

„Das Luder weiß, dass du mitliest", sagte er. „Hier, sie schreibt: Wenn dir deine Geliebte die Krawatte wild vom Hals reist, solltest du sie auch vernünftig wieder so binden wie es deine Frau gemacht hat."

„Ja und?", fragte der Oberkommissar.

„Ich habe gar keine Krawatten", verriet der Psychologe grinsend. „Also nehme es dir zu Herzen."

„Deine Frau wusste von Julia?", Klaus Aldig wurde Rot.

„Wie es aussieht, Alter."

Schon als bekannt war, dass die Frau von Horst Mirow eine ‚Blutige Rose' war, wusste er, dass es eine Untersuchung geben würde.

Allerdings hatte er nicht mit der Heftigkeit gerechnet. Die Regierung wollte Stärke zeigen und das tat sie.

Horst Mirow wurde vom Dienst suspendiert und wurde wieder und wieder verhört. Jedes Detail seiner Ehe musste er ständig wiederholen. Reisen und Ausflüge wurden überprüft, genauso wie Bekannte und Freunde.

Auch die Geheimdienste befragten ihn immer wieder. Schon nach zwei Wochen war man sich sicher, er hätte die Organisation zumindest gedeckt. Horst Mirow hatte ja zugegeben, dass er mit seiner Frau über den Fall der blutigen Rose gesprochen hatte. So wurde er verhaftet und nach Köln in ein Untersuchungsgefängnis des Verfassungsschutzes verlegt.

Nach drei Monaten war Horst Mirow nahezu ein Wrack und nicht einmal Klaus Aldig konnte ihn noch wieder aufbauen als er ihn einmal besuchen durfte.

Wieder einmal saß Horst Mirow im Verhörzimmer und wartete auf die stundenlange Befragung.

„Einen schönen guten Tag", wünschte die Dame, die herein kam und sich ihm Gegenüber setzte.

„Der Tag war schon Schlecht, als ich hier in den Raum kam", antwortete Horst Mirow bissig.

Die Frau von etwa 35 schmunzelte und sah in die Unterlagen. „Ja, das nehme ich an."

„Und was wollen wir Heute wieder durchkauen?", fragte Horst Mirow. „Wie oft ich mit meiner Frau geschlafen habe?"

„Nein, dass interessiert mich nicht", antwortete sie. „Die USA klagen sie übrigens der Mitwisserschaft an der Zerstörung des Kapitols an. Ebenso der Mittäterschaft des Diebstahls von unschätzbaren Staatsschätzen. Namentlich der Originalschrift der Verfassung und der Bill of Rights. Dazu noch Staatseigentum in unbenannter Höhe."

„Schön. Das kann mich auch nicht mehr schocken", entgegnete der ehemalige Polizeipsychologe.

„Aber Andere", sagte die Frau. „Oh, Verzeihung. Anneliese Ceres", stellte sie sich vor.

„Ach?", Horst sah sie übertrieben überrascht an. „Doch nicht etwa unsere freiheitliche Regierung? Diese Regierung die Gesetze verabschiedet hat nach dem jeder so lange Unschuldig ist, bis ihm die Schuld bewiesen ist?"

„Nein, diese Regierung, die so glorreiche Gesetze verabschiedet hat, bereitet gerade ihre Auslieferung vor", erklärte die Frau mit einem feinen Lächeln.

Wenn die Situation nicht so Schrecklich gewesen wäre, dann hätte Horst Mirow die Frau wirklich hübsch gefunden. Irgendwie erinnerte sie ihn an seine Frau.

„Die USA leidet immer noch unter einem Trauma", erzählte Frau Ceres. „Der Präsident ist abgesetzt und seine Familie gilt aus Ausgeburt der Unmoral, Senat und Kongress tagen in einem Hotel das die Regierung gekauft hat und von der blutigen Rose keine Spur. Den Flugzeugträger wird man ihnen wohl auch an die Jacke heften."

„Schön. Und warum erzählen sie mir das alles?", fragte Horst Mirow. „Die USA will mich also hinrichten. Deshalb weiß ich aber immer noch nicht mehr. Also können sie aufhören mir Angst zu machen. Wann geht der Flug?"

„Da ist der Harken. Mir wurde aufgetragen sie zu fragen, ob sie mit der Entscheidung der Regierung einverstanden sind."

Horst Mirow sah sie nun noch verwunderter an. „Ich denke nicht, dass ich da ein Mitspracherecht habe."

„Das beantwortet meine Frage nicht", erklärte Frau Ceres.

„Nein, natürlich bin ich mit der Entscheidung nicht einverstanden", antwortete er aufgebracht.

„Danke für die Antwort", Frau Ceres packte die Unterlagen wieder zusammen. „Ich werde das so weitergeben. Heute Nachmittag werden sie in die Krankenstation gebracht um auf ihre Flugtauglichkeit hin untersucht zu werden und ob sie eventuell gefährliche Gegenstände in ihrem Körper transportieren. Wir haben vom Ausbruch der Madame Sylvia gelernt. Machen sie es sich also nicht Schwerer als nötig."

Horst Mirow wurde wieder in seine Zelle gebracht. Irgendwie hatte er gar nichts begriffen. Was sollte dieses Gespräch denn ergeben haben? Er legte sich auf sein Bett und dachte das Gespräch noch einmal durch. Die Bundesrepublik erfuhr von ihm nichts und wollte ihn nun abschieben.
Sollte die USA etwas erfahren würde es wohl auch

Deutschland spitzbekommen, wenn nicht, hatte Deutschland ein Problem weniger. Was also wollte Frau Ceres? Wer sollte das denn sein, der eine Auslieferung nicht wollte? Und trotzdem sollte er untersucht werden.

Horst Mirow sah zur Decke. Trottel schimpfte er sich selbst als er wusste was los war. Aber er riss sich zusammen. Diese Zelle war mit Sicherheit überwacht. Aber der Verhörraum doch auch, überlegte er. Wenn die Frau eine blutige Rose war, dann würde man sofort wissen was los war.

Nun Gut, tun konnte er sowieso nichts und so legte er sich zurück und döste. Allerdings nicht lange. Einer der Beamten der ihn schon des Öfteren verhört hatte, ließ ihn in den Verhörraum bringen.

„Frau Ceres hat ihnen erzählt, dass sie abgeschoben werden?", fragte er in seiner überheblichen Art.

„Sicher", nickte Horst Mirow.

„Nun. In Deutschland hat die Truppe ihrer Frau Morde begangen. Sollten sie also doch noch kooperieren wollen? In den USA werden sie einen medienwirksamen Prozess mit einem Pflichtverteidiger bekommen. Dabei wird sich die Regierung perfekt darstellen um zu beweisen, dass man nicht ungestraft ihr Land angreift. Nach diesem Prozess werden wohl nicht einmal mehr die Zeugen Jehowas etwas dagegen haben wenn man sie auf den elektrischen Stuhl setzt."

„So gut kenne ich mich zwar nicht mit der US-Justiz aus. Aber ich glaube zu wissen, dass dort überall die propagierte Giftspritze angewendet wird", entgegnete Horst Mirow. „Auch nicht schöner, aber wohl sauberer. Aber damit hat das sinnlose Befragen dann ein Ende. Was soll ich denn noch dagegen haben? Meine Frau ist eine potenzielle Mörderin und die Bundesregierung vernichtet dafür mein Leben. Die USA wird wohl mit Wahrheitsserum arbeiten um etwas zu erfahren. Dabei werden sie erfahren dass ich nichts weiß und mich als Medienschauspiel hinrichten, weil sie einen Erfolg brauchen. Tja, Deutschland ist damit fein raus."

„Sie haben immer noch einen scharfen Verstand", stellte der Beamte fest. „Schade dass sie ihre Frau und deren Organisation so decken."

„Ich hoffe, ihre Frau hat nicht zu sehr gelacht, als sie das vor dem Spiegel geübt haben", Horst Mirow musste wirklich lachen. Der Beamte schlug seine Akte wütend zu und ging. Gleich darauf wurde auch Horst Mirow hinaus gebracht.

Nach dem Mittagessen brachten ihn zwei Beamte in den Medizinischen Bereich und ein Arzt untersuchte ihn. Er wurde sogar geröntgt.

Zurück in seiner Zelle hatte er sich auszuziehen und bekam einen blauen Overall zum anziehen. Während zwei Beamte ihm nun Fuß und Handfesseln anlegten sicherte ein weiterer mit der Waffe.

Also war das doch nichts, dachte Horst Mirow. Das Gefängnis war wohl auch gesichert wie eine Festung. Noch mal wollte man keinen von der blutigen Rose entwischen lassen.

Die Beamten brachten ihn zu einem Konvoi von Fahrzeugen. Darunter drei identische Transporter. Horst wurde in den Ersten der Drei gebracht und gleich darauf ging die Fahrt los.

Die Fahrt ging zum amerikanischen Militärflughafen.

*

Sie waren gerade auf der Autobahn als Horst Mirow merkte, dass die Fahrer zusammensackten. Er befürchtete, dass der Wagen einen Unfall bauen würde, und legte sich hin. Draußen hörte er jetzt Schüsse, es klang fast wie Krieg. Noch in die Schüsse erfolgte eine Sprengung und die Tür des Transporters flog auf. Ein Mädchen von etwa 16 oder 17 sah herein.

„Hier ist er", sagte sie nach hinten weg und steckte ein kleines Gerät ein. Sie sprang herein und schloss die Ketten auf. Sie half dem verwirrten Mann auch auf die Füße und gemeinsam verschwanden sie.

Draußen sah Horst dass er mit ‚Krieg', gar nicht so falsch gelegen hatte. Dort stand ein Gepard-Panzer der fröhlich in die Luft schoss. Diese Panzer waren für die Flugabwehr konzipiert.

„Die Polizei hatte zwei Hubschrauber zur Überwachung mitgeschickt", erklärte Belisama. „Die mussten wir verscheuchen. Nun aber schnell."

An den Spuren war zu erkennen dass der Panzer aus dem Wald gekommen war. In dieselbe Richtung ging es nun zu Fuß. Auch die anderen Frauen und Mädchen zogen sich zurück. Das waren bestimmt 10, zählte Horst Mirow.

Sie waren einige Meter gelaufen, als Belisama ein anderes Gerät aus ihrem Gürtel holte und verschiedene Knöpfe drückte. Horst Mirow sah dass an verschiedenen Stellen Sprengladungen explodierten.

„Ein kleiner Schutz vor Wärmebildgeräten", erklärte sie fröhlich. „So, nun wird es Muffig."

Eines der anderen Mädchen hatte eine Klappe im Waldboden geöffnet und Horst Mirow wurde dort hinein gebracht. Unterirdisch ging es weiter bis sie wieder eine Leiter hinauf stiegen. Nun waren sie in einer Scheune.

„Ab mit dir ins Heu", verlangte Belisama und zeigte auf einen Trecker mit Hängern.

Wo es nun hin ging konnte Horst nicht mehr sehen da er mitten zwischen den Heuballen lag. Als er wieder heraus gelassen wurde stand der Trecker am Rande eines Feldes an einem Heuschober.

„Darf ich bitten?", fragte die Bäuerin, die den Trecker gefahren hatte und zeigte in den Heuschober.

In einiger Entfernung hörte Horst Mirow mindestens drei Hubschrauber.

Er beeilte sich, sich zwischen den Heuballen hindurch zu zwängen und wieder gab es eine Klappe im Boden. Er stieg hinunter und wurde von einer starken Lampe empfangen.

„Hier lang bitte", sagte eine weibliche Stimme. Horst Mirow folgte der Frau einen langen Gang entlang, der stetig abwärts zu gehen schien. Dann standen sie vor einer Tür. Die Frau bat ihn in einen dunklen Raum Als der sich in Bewegung setzte wusste Horst dass es ein Aufzug war. Ein Erz-Stollen, dachte er.

Der Fahrstuhl hielt und sie traten in einen getäfelten Flur.

„Leider haben wir für sie keine Kleidung hier", erklärte die hübsche Japanerin entschuldigend. „Wir wussten nicht wo wir sie abfangen konnten. Können sie es noch eine Zeit in dem unkleidsamen Overall aushalten?"

„Äh, sicher", nickte Horst Mirow verwirrt. Was interessierte es, was er für Klamotten an hatte?

Madame Amaterasu brachte den Gast in den Salon und bot ihm einen Kaffee an.

„Es tut mir wirklich Leid ihnen mitteilen zu müssen, dass sie brutal ermordet wurden", sagte sie sich setzend.

„Bin ich das, oder werde ich das?", fragte er sie.

„Sie sind auf der Autobahn ermordet worden", erklärte die Frau. „Die Polizisten sind nur eingeschläfert worden. Doch sie wurden erbarmungslos hingerichtet."

„Ich hoffe, ich habe nicht zu sehr gelitten", sagte er lächelnd.

„Oh, doch. Die blutige Rose kann es nicht dulden, dass man auch nur Ansätze ihrer Geheimnisse preisgibt. Als Warnung für andere haben wir Horst Mirow so brutal wie möglich hingerichtet."

„Und welches arme Schwein ist an meiner Stelle gestorben?", fragte Horst Mirow ernst.

„Hubert Wibelt, ein Österreicher. Er starb weil seine Morde fast noch weniger zu beweisen waren als die Unseren. Eigentlich wollten wir in dieser Dekade keine Aufträge mehr annehmen. Doch bei dem haben wir eine Ausnahme gemacht, er war ein Kindermörder. Die Kriminalpolizei von Österreich, so wie zwei Väter waren an uns heran getreten. Eigentlich wollten sie Beweise für seine Morde. Doch die hätten nicht vor Gericht verwendet werden können. Deshalb haben wir – nach einer Nachfrage

- für ein Ende der Mordserie gesorgt."

„Und was geschieht nun mit mir? Ich nehme an, selbst Amtlich bin ich jetzt Tot."

„Ja, das sind sie. Es gibt zwar noch einen Beweis, dass sie es nicht sind, der da in dem Wagen zerteilt wurde, aber der ist nur Wage. - Was mit ihnen geschieht? Wir werden sie aus Deutschland heraus bringen. Es gibt in Kanada eine kleine Universität, die einen fähigen Psychologie-Lehrer sucht. Von Tutorin Chantico weiß ich, dass sie nach ihrem Ruhestand nach Kanada wollten."

„Die blutige Rose ist ein Dienstleistungsunternehmen", erinnerte Horst Mirow. „Allerdings sind meine wenigen Ersparnisse beschlagnahmt worden. Ich kann sie also nicht bezahlen, auch wenn ich ihnen Dankbar bin, dass sie mich herausgeholt haben."

„Nun, Herr Mirow, sie haben eine unserer Schwestern gut behandelt, auch wenn sie nicht wussten, dass sie eine Schwester ist. Außerdem haben sie uns eine neue Schwester gegeben. Für beides sind wir dankbar", erklärte Madame Amaterasu. „Ich weiß, dass sie unseren Orden nicht mögen und trotzdem wird ihre Tochter bei und aufwachsen."

„Ich wüsste gerne warum Marion Schmidt so grausam sterben musste", fragte Horst Mirow direkt. „Und ebenso die Gefängnisdirektorin."

„Jeden Tag sterben Menschen auf noch grausamere Art. Sicher, jemanden wie ihnen muss bei solchen Morden die Galle hoch kommen. Aber unser Orden agiert auf der ganzen Welt und wir sehen mehr als die Meisten. Jedes Mitglied des Ordens muss emotionslos töten können, damit der Orden überlebt. Der Tod von Marion Schmidt geht ihnen an die Nieren. Doch wie sieht es mit Nadja Karikuta aus? Sie war 17 Jahre alt als sie in einen Käfig mit vier hungrigen Kampfhunden gehängt wurde. Die Hunde haben ihr beim lebendigen Leib das Fleisch von den Beinen gerissen. Wissen sie warum?"

Horst Mirow schüttelte den Kopf.

„Weil sie Schwanger war und ihr Freund sie dafür leiden lassen wollte. Ihr Freund konnte keine schwangere Freundin gebrauchen. Der Mann ist jetzt ein angesehener Politiker. Herr Mirow, so etwas geschieht jeden Tag. Bevor sie fragen, den Mord an Nadja hat nicht der Orden begangen, es war der besagte Politiker. Sicher, auch wir beseitigen einige Menschen auf grausame Art und Weise. So wie Hubert Wibelt. Über dessen Tod waren sie nicht entsetzt, weil er selbst ein grausamer Mensch war und sie ihn nicht kannten. Marion Schmidt hingegen kannten sie.

In der letzten Dekade haben wir vier Kriege verhindert und zwei beendet. Wir haben diverse Menschen vor dem sicheren Tod bewahrt und einige Glücklich gemacht in dem wir ihnen Dinge wiederbeschafft haben, die ihnen geraubt wurden."

„Damit haben sie sicher Recht", stimmte Horst Mirow zu. „Und doch verübt ihr Orden schlimme Grausamkeiten. Wegen einer nicht bezahlten Rechnung haben sie die USA in ihre schlimmste Krise gestürzt. Sie bewegen sich außerhalb jeder Moral."

„Wir bewegen uns oft außerhalb der propagierten Moral", berichtete Madame Amaterasu. „Und doch sehen sich die Menschen Filme an, in denen es weit schlimmer zugeht. Die gewählten Regierungen begehen schlimmere Taten und wie sieht es auf der Straße aus? Sie kennen die Straße."

Horst Mirow trank einen Schluck und nickte.

„Wir ziehen uns nun für eine Zeit zurück. Wir werden lernen und wir werden uns amüsieren. Aber ebenso werden wir eine neue Generation unterrichten und aufziehen."

„Moderne Amazonen", überlegte der Psychologe laut.

„Wenn sie es so wollen? Ja", bestätigte sie.

„Ich merke schon, ihr Orden ist eigentlich ein Abbild der Gesellschaft, auch wenn es in dem Orden nur Frauen gibt."

„Ein Extrakt, kein Abbild", sagte Madame Amaterasu. „Wir sind in allem Extremer."

„Womit wir bei einem anderen Punkt wären", sagte Madame Frigga von der Tür aus. Sie trug nur einen dünnen Hausmantel der sich öffnete, als sie herein kam. Horst Mirow stand auf und bot ihr seinen Platz an, da ansonsten nur noch das Sofa frei war und das sehr tief aussah.

„Sie sind ein höflicher Mann", lobte die Alte lächelnd. „Außerdem ein schlauer Mann und ein stattlicher noch dazu." Sie setzte sich in den Sessel.

„Sie wissen dass wir uns wieder zurückziehen. Unser Kampf mit den USA und Deutschland hat uns aber ein kleines Problem eingehandelt. Wir werden nun von so gut wie allen Geheimdiensten gesucht." Als sie nach einer Tasse griff schenkte Horst Mirow ihr einen Kaffee ein.

„Vielen Dank", sagte sie lächelnd. „Nun. Ahnen sie, was wir für ein Problem haben?"

„Es ist für sie nicht mehr so einfach neue Mitglieder zu rekrutieren", antwortete Horst Mirow. „Ihr Orden nimmt nur kluge Kinder auf und das dürfte nun zu einigen Schwierigkeiten führen."

„So ist es, Horst", bestätigte Madame Frigga. „Natürlich könnten wir wahllos rekrutieren. Aber das würde den Orden nur schwächen. Ich habe mich gestern noch mit Tutorin Chantico unterhalten, du kennst sie besser als Jutta. Ebenso habe ich die alten Berichte über dich studiert. Sicher, das Triumvirat muss darüber noch reden, aber ich würde es gerne sehen, wenn du eine unserer Villen bewohnen würdest. Als Hyperion."

„Der Vater der Titanen?", fragte Horst Mirow schmunzelnd.

„So ist es", Madame Frigga nickte. „Das wäre das dritte Mal in der Geschichte des Ordens. Glaube mir, in unserem Kreis würdest du mehr lernen können als anderswo. Auch über die Welt und die Moral, die ihr nur oberflächlich als Mantel übergelegt ist.

Aber nun gehe dich duschen und rasieren und ich glaube, du willst deine Tochter einmal sehen."

Ja, das wollte Horst Mirow wirklich. Doch des sie hier war konnte er nicht glauben.

Belisama wartete vor der Tür und führte Horst Mirow zum Badezimmer. Erst danach in einen anderen Raum.

Seine Tochter war wirklich nicht hier. Aber über einen großen Bildschirm konnte er sie in den Armen seiner Frau sehen. Er begrüßte Jutta mit einem Lächeln aber besonders seine Tochter.

„Mit dir ist man ja mächtig übel umgesprungen", Chantico schmunzelte.

„Ja und in den USA wäre es wohl auch nicht Besser geworden", Horst Mirow musste lachen.

„Wirst du nach Kanada gehen?", fragte sie ihn.

„Die ältere Madame hatte einen anderen Vorschlag", erklärte er. „Aber darüber muss erst noch das Triumvirat entscheiden. Deshalb will ich darüber nicht reden."

„Ich ahne was Madame Frigga vorhat. Ich glaube, es würde dir gefallen. Aber überlege es dir Gut. Du bist keiner von uns und deiner Erziehung war eine völlig andere."

Epilog

Berlin lag unter einer malerischen Schneedecke. An diesem Sonntagmorgen sahen sogar die Straßen noch schön aus und erst in einigen Stunden würden die Autos den Schnee in braunen Matsch verwandelt haben.

„Verzeihen sie, hätten sie vielleicht Feuer?", fragte der adrette Mann in dem teuren Mantel die Polizistin.

„Sicher", sie suchte ihr Feuerzeug heraus, erklärte aber: „Rauchen ist aber Ungesund"

„Ja, ich weiß", antwortete er entschuldigend lächelnd. „Aber es gibt so viele tödliche Angewohnheiten und viele davon sind weitaus Unangenehmer als Rauchen. Da behalte ich doch lieber Dieses bei."

Die Polizistin zündete dem Mann die Zigarette an und er verabschiedete sich. Sie sah ihm noch einmal hinterher. Doch, dachte sie, mit dem könnte sie sich schon einiges Schöne vorstellen.

Hyperion stieg in den Wagen und sah noch einmal hinauf zu der teuren Wohnung.

Dort oben in der Wohnung wo Miroslaw Nadrow qualvoll an miserabel gestrecktem Kokain starb.

„Immerhin hattest du noch eine schöne Nacht", sagte er lächelnd und fuhr los. Das Schwerste an dem Auftrag war es gewesen mit dem Mann zu schlafen, doch jede Arbeit hatte ihre Schattenseiten.

Aber sein neues Leben hatte auch seine wundervollen Seiten, dachte Horst Mirow lächelnd. Eine davon war Tutorin Nyx und zu der fuhr er jetzt.